{ Batendo à porta do céu }

São Paulo – 2017

Jordi Sierra i Fabra   Tradução Catarina Meloni

BIRUTA

Batendo à porta do céu
Título original *Llamando a las puertas del cielo*
Copyright texto © Jordi Sierra i Fabra

© Ed. Cast.: edebé, 2006. Paseo de San Juan Bosco, 62. 08017 Barcelona
Livro originalmente publicado na Espanha por edebé, 2006
www.edebe.com

Tradução Catarina Meloni
Projeto gráfico Tadeu Omae
Editoração eletrônica Monique Sena
Revisão Jefferson da Silveira Pereira
Coordenação editorial Elisa Zanetti

1ª edição – 1ª reimpressão 2017

Dados Internacionais de Catalogação na Publicação (CIP)
(Câmara Brasileira do Livro, SP, Brasil)

Sierra i Fabra, Jordi.
Batendo à porta do céu / Jordi Sierra i Fabra;
tradução Catarina Meloni. - 1. ed. - São Paulo: Biruta, 2013.
Título original: Llamando a las puertas del cielo

ISBN 978-85-7848-130-8

1. Literatura infantojuvenil I. Título.

13-04892   CDD-028.5

Índices para catálogo sistemático:
1. Literatura infantojuvenil 028.5
2. Literatura juvenil 028.5

Edição em conformidade com o acordo ortográfico da língua portuguesa.

Todos os direitos desta edição reservados à Editora Biruta Ltda.
Rua Coronel José Eusébio, 95 – Vila Casa 126
Higienópolis – CEP 01239-030 – São Paulo-SP, Brasil
Tel (11) 3081-5739 Fax (11) 3081-5741
E-mail: biruta@editorabiruta.com.br
Site: www.editorabiruta.com.br

A reprodução de qualquer parte desta obra é ilegal e configura uma apropriação
indevida dos direitos intelectuais e patrimoniais do autor.

{ PRÊMIO EDEBÉ DE
LITERATURA JUVENIL }

Júri composto por Teresa Colomer,
Anna Gasol, Xavier Brines, Rosa Navarro
e Robert Saladrigas.

A todos os que estão nisso,
acreditam nisso, e, inclusive,
dão a vida por isso.

PREFÁCIO	09
INTRODUÇÃO	16

primeira parte

CAPÍTULO UM	25
CAPÍTULO DOIS	42
CAPÍTULO TRÊS	55
CAPÍTULO QUATRO	68
CAPÍTULO CINCO	85
CAPÍTULO SEIS	104

segunda parte

CAPÍTULO SETE	123
CAPÍTULO OITO	133
CAPÍTULO NOVE	148
CAPÍTULO DEZ	157
CAPÍTULO ONZE	168
CAPÍTULO DOZE	181
CAPÍTULO TREZE	196

terceira parte

CAPÍTULO QUATORZE	217
CAPÍTULO QUINZE	228
CAPÍTULO DEZESSEIS	239
CAPÍTULO DEZESSETE	253
CAPÍTULO DEZOITO	270
CAPÍTULO DEZENOVE	284
CRÉDITOS E AGRADECIMENTOS	307

sumário

prefácio

A TERRA DOS 300 MIL DEUSES

Existe um país na Ásia Meridional onde, em meio a contrastes impressionantes, florescem o lótus, a sabedoria, a alta tecnologia e os grandes mistérios. Suas costas, com mais de 7 mil quilômetros de extensão, banham-se nas águas do oceano Índico, do mar da Arábia e da baía de Bengala; ao norte é protegido pelas montanhas do Himalaia. Nele habitam um bilhão e duzentos milhões de pessoas, falando cerca de 50 línguas e mais de 100 dialetos. É o segundo país mais populoso do planeta, atrás apenas da China. Nele, 300 mil deuses são cultuados, vacas impassíveis transitam por vias públicas congestionadas, elefantes servem como meio de transporte, macacos brincam nos templos e tigres ainda se ocultam nas florestas. Esse país é a Índia, hoje a décima economia do mundo. Uma sociedade complexa, fascinante, com elevado grau de desenvolvimento científico, inclusive no campo da energia nuclear e dos programas espaciais. Mas onde metade da população ainda não se libertou da miséria e de suas horríveis irmãs, a desnutrição e as doenças.

Esse país é também o cenário da história que você vai ler.

"A Índia é poderosa. Ela muda as pessoas. Dos pés à cabeça". A protagonista, Sílvia, uma jovem de 19 anos, estudante de medicina, vai experimentar a verdade dessas palavras durante suas poucas semanas de trabalho voluntário em um hospital da região de Mysore, no sul do país. É quando, além de começar a desvendar aspectos de uma cultura milenar, faz uma transformadora viagem interior, de autodescoberta.

Como se explica o poder que a Índia exerce sobre os mais diferentes seres humanos, e sua influência sobre escritores, místicos, artistas, músicos do mundo inteiro – incluindo os Beatles?

Será porque ela foi o berço de uma das mais antigas civilizações humanas? Nascida entre 2500 e 1900 a.C. na região oeste da Índia e no atual Paquistão, a civilização do Vale do Indo testemunhou uma das primeiras manifestações da vida urbana no planeta, na mesma época em que outras cidades também se erguiam no Egito, Oriente Médio e China.

Ou será porque o sonho e a necessidade de alcançá-la, por via marítima, impulsionaram as Grandes Navegações, que, entre os séculos XV e XVI resultaram na descoberta do Novo Mundo? Afinal, os primeiros habitantes das Américas continuam sendo conhecidos como "índios", como os chamou Cristóvão Colombo, acreditando ter chegado à Índia.

Talvez o poder de atração da Índia sobre tantos corações e mentes venha também do fato de terem sido hindus os criadores de obras clássicas, cujo inestimável valor espiritual e literário continua sendo reconhecido até hoje. A palavra "veda", que significa "conhecimento", dá nome aos *Vedas*, quatro textos escritos em sânscrito por volta de 1500 a.C., que representam a mais antiga criação literária em língua indo-europeia e trazem os princípios básicos do hinduísmo. Os *Upanixades*, uma série de 123 livros, surgiram como comentários sobre os *Vedas*, tentando, muito antes dos antigos gregos, responder a questões filosóficas como: "O que faz pensar a minha mente?", "A vida tem um propósito, ou ela é somente governada pelo acaso?", "Qual é a causa do cosmo?". Livros épicos como o *Ramayana* (primeiro século d.C., escritos em versos com base em tradições orais de seis ou sete séculos a.C., do qual faz parte o *Baghavad Gita*) e o *Mahabarata* (entre 540 e 300 a.C.) e que continuam presentes em manifestações artísticas em teatro, dança e cinema. Nem é preciso mencionar o *Kama Sutra*, um guia da vida virtuosa, sensualmente prazerosa e cortês para casais, atribuído a Vātsyāyana, que viveu entre os séculos IV e VI a.C.

Outra fonte de poder da Índia pode ser a admiração gerada pela forma como o povo do país enfrentou e se libertou do antigo Império Britânico, que o dominara entre 1858 e 1947, após uma luta social pela independência liderada por Mahatma Gandhi (1869 - 1948), um advogado leitor dos *Upanixades*, que colocou em prática os princípios da resistência não violenta e da desobediência civil. Gandhi se tornou o símbolo maior da Cultura de Paz, ao demonstrar que é possível responder de formas pacíficas à violência — e vencê-la.

Talvez seja porque, das grandes religiões praticadas no planeta, pelo menos três sejam originárias da Índia. Ideias, crenças e práticas do hinduísmo — reencarnação, karma, meditação, vegetarianismo, ioga — estão incorporados ao cotidiano de milhões de pessoas, que na maioria das vezes não têm ideia de sua procedência. Antes de serem disseminados pelo cristianismo, os conceitos de simplicidade, não violência e desapego já estavam presentes no budismo e no jainismo.

O hinduísmo, religião tão antiga quanto o judaísmo — tem cerca de 4.000 anos de história —, é praticado por mais de 70% dos hindus, estando presente em vários países do mundo, como Inglaterra e Estados Unidos, dentre outros. Inclui a crença em uma alma mundial, um espírito universal, Brahman, do qual uma infinidade de deuses menores são aspectos ou manifestações, destacando-se a trindade: Brahma, o criador; Shiva, o que mantém; e Vishnu, o que destrói e transforma. O hinduísmo está profundamente enraizado na cultura da Índia, e justifica o sistema de castas, que ainda persiste no país, dividindo as famílias em grupos rigorosamente regulamentados, definidos pelo nascimento, entre os quais não há mobilidade: desde os brâmanes, no topo da pirâmide, até as castas inferiores e desprezadas. Até meados do século XX, os párias ou intocáveis eram considerados impuros. Atualmente são chamados dalits ("oprimidos"), e há políticas governamentais para acabar com essa discriminação milenar.

O budismo é baseado nos ensinamentos atribuídos a Siddhartha Gautama, o Buda ("Iluminado", em sânscrito), que nasceu e viveu no nordeste do subcontinente indiano, entre 400 e 483 a.C. O budismo, amplamente difundido em todos os continentes, especialmente Ásia, Europa e Américas, diz que o sofrimento é inerente à vida (já que todos têm de passar por doença, velhice e morte), mas a libertação pode ser alcançada quando, por meio de uma vida sem apegos, pautada por compreensão, intenção, esforço, fala, pensamento, concentração e ação corretos, escapamos do ciclo do renascimento e alcançamos o nirvana, a iluminação.

O jainismo, fundado por Mahavira (599-527 a.C.), fundamenta-se em quatro princípios: não violência (ahimsa), veracidade, honestidade e desapego dos bens materiais — além de afirmar que toda verdade é incompleta e unilateral, variando de acordo com a perspectiva de quem a enuncia. Tanto o budismo como o jainismo nunca aceitaram o sistema de castas. Assim, há muitos dalits entre seus seguidores, que também aderem ao islamismo e ao cristianismo, também presentes no país.

Mas talvez o poder de fascínio da Índia não tenha relação com nada disso. Talvez não importem os porquês. "A rosa não tem porquês. Ela floresce porque floresce", disse Angelus Silésius. A Índia fascina porque fascina. Para nós, ocidentais e cristãos, como Sílvia, a personagem central de *Batendo à porta do céu*, pode ser o encontro com uma civilização diferente, a aterrissagem em um outro planeta, cuja imensidão e diversidade, riqueza e miséria, nos desconcertam e assombram. Pode ser também o reencontro com verdades muito profundas, trancadas no fundo de nossa alma, e que encontram, na Índia, portas por onde sair.

"Felicidade é quando o que você pensa, o que você diz e o que você faz estão em harmonia." (Ghandi)

Madza Ednir

REFERÊNCIAS BIBLIOGRÁFICAS

ATMORE, A., B. A. et alii. "Uma Cultura moldada por duas religiões". In *História do homem nos últimos dois milhões de anos*. Lisboa: Seleções do Reader's Digest, 1975.

BENTON, W. (Publisher). India. In *Encyclopaedia Britânnica*. Chicago/London/Toronto/Geneva/Sydney, 1964. 12v

KAPUSCINSKI, R. *Minhas viagens com Heródoto – Entre a história e o jornalismo*. São Paulo: Companhia das Letras, 2004.

KONOW, S. *India*. Barcelona/Buenos Aires: Editorial Labor S.A., 1926.

ONU. *Relatório do Desenvolvimento Humano*, 2011.

ZIMMER, H. *Mitos e símbolos na arte e civilização da Índia*. São Paulo: Palas Athena, 1989.

ईन्तरोदुक्तिओन

introdução

Quando fazes uma escolha, mudas o futuro.

(frase de um papel de bala, Medellín, Colômbia)

Tinham falado que ela começaria a aprender antes mesmo de aterrissar.

E era verdade.

Encostada na janelinha do avião, com o deslumbramento de principiante, contemplou a amplidão de Bombaim e seus contrastes, perceptíveis de maneira direta e contundente, já à primeira vista. Contrastes como o do campo de golfe, visto de pequena altura enquanto voava na manobra de aproximação da pista, em que apenas uma cerca viva separava o abismo entre os dois mundos. De um lado, homens elegantes, corretamente vestidos para a situação, jogavam, com sorrisos perfeitos e olhos claros estampados no rosto. O verdor da relva era puro naquele espaço aberto e cuidado. Do outro lado da cerca viva, ao contrário, a miséria se estendia em moradias mínimas, se é que o termo não era apenas um eufemismo, já que eram apenas meros refúgios encostados na sebe, construídos com papelão e restos de outros materiais amontoados em simétrico caos. Serviam apenas para proteger os que ali estivessem, desde que ficassem deitados quando estivessem dentro. Dezenas de pessoas moviam-se no entorno ou aproximavam-se agora pelas aberturas frontais para ver chegar o enorme jumbo procedente de um mundo desconhecido e irreal para eles. Um mundo tão distante como a lua em relação à Terra.

Foi tudo muito rápido.

Com esse primeiro choque na retina, depois da aterrissagem, desceu e deu de frente com o segundo, já esperado.

Os odores.

"Tudo ali é diferente, especialmente as cores e os odores", tinham lhe falado.

Encheu os pulmões e deu os primeiros passos pela Índia.

O trajeto até o hotel aumentou seu atordoamento inicial. O sono, pela mudança de fuso horário, a comoção, a adrenalina disparada em suas veias e em seu cérebro, o despertar e a primeira imersão naquela cultura multicolorida. Viu os *outdoors* dos novos filmes produzidos por Bollywood, com atores e atrizes sorridentes cantando em silêncio na altura. Viu as primeiras vacas soltas no meio de algumas ruas daquela grande capital. Surpreendeu-se com a mistura de seres humanos medidos por um padrão comum, mas que era uma mostra da extrema versatilidade ambiental do país.

— *First visit to India?* — perguntou o taxista, em um inglês arrastado.

— Sim... *yes.*

Seu primeiro indiano, olhos brilhantes, bigode preto, sorriso aberto.

O Taj era impressionante. O maior e mais luxuoso hotel em que já estivera. A última concessão à comodidade antes de partir no dia seguinte rumo ao seu destino, primeiro, de avião, depois, de carro. Frente ao hotel, a Porta da Índia, com sua monumentalidade, a saudou da mesma forma que saudava os visitantes que, outrora, chegavam à cidade pelo mar.

Foi a última sacudida.

No momento de fechar a porta do quarto e ficar sozinha, lembrou de Bill Murray em *Encontros e Desencontros*[1]. Aquela cena inicial, em que o personagem, sentado na cama, olhava para o vazio, sentindo-se tão perdido em Tóquio como ela estava agora.

No filme era só um plano de poucos segundos.

Para ela seria a noite toda.

E não era senão o começo da aventura.

Desandou a chorar, cheia de medo, incertezas, solidão, perguntando-se mais uma vez se, longe de fazer o que devia e o que sentia, não estaria fugindo de tudo.

Até de si mesma.

---

1. Filme norte-americano lançado em 2003. Título original: *Lost in Translation*.

पहले भाग

primeira parte

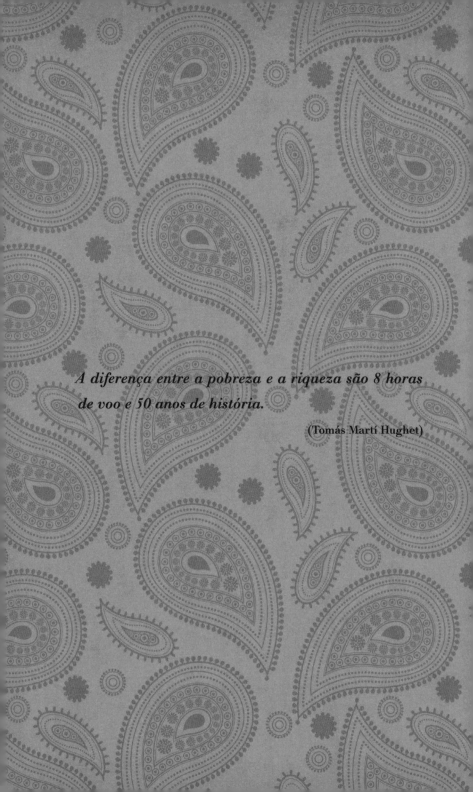

A diferença entre a pobreza e a riqueza são 8 horas de voo e 50 anos de história.

(Tomás Martí Hughet)

CAPÍTULO UM

Quando o carro entrou na reta final, em direção ao edifício de governo, tocou a buzina apenas uma vez. Foi suficiente para que a doutora Roca, vestida de uniforme branco, viesse para fora, uma mancha de pureza naquele contorno formado pela cor ocre da terra e a exuberância da vegetação ao redor.

Sílvia a observou com curiosa atenção.

Tinha ouvido falar dela, e muito, e agora, finalmente, ela estava à sua frente. Um breve olhar foi suficiente para perceber que as palavras eram apenas pálidos reflexos de uma realidade. Sua fama a precedia, mas só precisou ver os olhos e as mãos dela. Olhos determinados. Mãos de luta.

Elisabet Roca era uma senhora mulher, no maior e melhor sentido do termo. Teria entre quarenta e cinco e cinquenta anos. Talvez cinquenta mesmo. Alta, robusta, forte, queixo quadrado, olhos limpos, cabelo meio grisalho recolhido em uma trança simples, corpo firme. Inspirava força. Dava credibilidade ao conjunto de pequenos edifícios que formavam o centro, depois daquele longo caminho de carro pela Índia mais profunda. Quase parecia que, de repente, sem aquela presença, tudo aquilo fosse apenas um cenário irreal.

Descendo do veículo, encontrou-a de braços abertos, com um sorriso cordial e um colar de flores.

— Bem-vinda ao RHT — pronunciou a sigla em

inglês. Em seguida, juntou as mãos, inclinou a cabeça e pronunciou a saudação indiana: – *Namaste*.

– *Namaste*. Obrigada.

Não lhe deu a mão. Não pôde. Viu-se envolvida pelos braços dela, apertada contra seu corpo. Uma pressão cálida e vital que lhe transmitiu, em menos de três segundos, toda a confiança que lhe faltava. Depois do abraço, reconfortou-se com o sorriso e os olhos transparentes dela.

– Cansada?

– Não – mentiu.

– Deveria estar, apesar da fortaleza dos seus insultantes dezenove anos – acentuou o sorriso franco. – O voo de Bombaim para cá não é nada, mas todas as horas de carro e por essas estradas... Não ficou de cabelo em pé?

Teve que reconhecer que sim. Os veículos, em especial os caminhões, circulavam pelo centro das estradas estreitas. Nos dois sentidos. Nenhum diminuía a velocidade até o choque parecer inevitável. Então, parecendo seguir uma sincronização perfeita, cada um se distanciava o suficiente para se cruzar, deixando também o mínimo espaço entre eles e as pessoas que caminhavam sem parar pelos acostamentos, impassíveis perante o perigo.

O equilíbrio do milagre.

– Seja como for, dá na mesma – o tom era taxativo. – Vá com calma hoje; amanhã, veremos. Sei que você está com vontade de começar, está disposta a trabalhar, o tempo é curto e... – balançou a cabeça de um lado para o outro com um ar de resignado cansaço.

— Esqueça, está bem? Isto é um choque, uma grande mudança. Primeiro aviso, não é conselho: calma. Você não vai ajudar mais por querer correr e aproveitar o tempo. Aqui o tempo conta na medida em que sirva para alguma coisa, não pela quantidade.

— Está bem.

— Acompanho você até o quarto. E olhe que digo quarto, não aposento — olhou para o motorista do carro e ordenou: — Bagagem!

Não era muita coisa. Uma mala, com o imprescindível, e uma bolsa de mão. Ela mesma poderia ter pegado tudo, mas o homem o fez, sem reclamar. Seguiu-as pelo chão poeirento até um emaranhado de casinhas e cabanas localizadas na parte mais frondosa e distante do caminho principal.

— Você ficará sozinha — informou Elizabet Roca. — Os bangalôs são geralmente para duas pessoas, mas estamos com pouco pessoal, e sendo sua primeira experiência, prefiro que tenha um pouco de privacidade.

— Está bem — não soube o que dizer.

— À noite falaremos, na hora da ceia.

Tinham chegado. A doutora Roca abriu a porta, e ela se aproximou do que ia ser sua casa durante aquelas semanas de verão.

Quatro paredes, um colchão com o mosquiteiro amarrado em cima, uma estante, uma mesa, uma toalha e uma cadeira.

— Fantástico, não é? — Elizabet Roca tocou-lhe o ombro.

Demorou pouco para desfazer a mala e guardar a roupa, toda confortável, sem nenhuma peça luxuosa. E menos ainda com os objetos de cuidado pessoal ao lado da mesa. A porta não tinha fechadura. Pensou em dar seus documentos e dinheiro a Elizabet Roca, para que os guardasse, mas, no mesmo instante, achou que esse mero atavismo ocidental a situaria fora da realidade.

Estava ali para ajudar.

E o RHT parecia o lugar mais seguro do mundo.

Não tinha sono. Sentia-se agitada. Tinha dormido profundamente desde que chegara ao Taj de Bombaim. De manhã só teve tempo de dar um breve passeio de táxi, caminhar pela estação, comer alguma coisa e voltar ao aeroporto para tomar o avião até Mysore. O resto, as mais de cinco horas de carro através do intenso sul da Índia, já era parte da primeira memória esculpida com aquela mudança radical. Queria desligar-se quanto antes do último vestígio ocidental, arrancar aquela pele que, no momento, incomodava.

Necessitava tanto ver o exterior como livrar-se do seu próprio interior.

Da janela dava para ver o enorme lago, tão calmo que refletia, como um espelho, o céu azul salpicado de nuvens brancas, criando um efeito de duplicidade mágica. À esquerda, começava a ampla curva que o fechava por esse lado, recortando a costa frontal em pouco mais de um quilômetro. À direita, prolongava-se em forma de feijão, exatamente como se lembrava dos mapas que olhara com verdadeira devoção em Barcelona.

Talvez pudesse ir por ali de barco.

Talvez.

Voltou à porta e abriu-a. Apoiou-se no portal para examinar seu novo lar temporário com um pouco mais de calma. O Rural Hospital Trust era formado por diversas construções reunidas em uma ampla zona ao redor do lago, pelo sul, e acompanhava a rodovia ao norte. A entrada e a esplanada central dividiam o conjunto em duas partes, com os edifícios do hospital à esquerda, flanqueados por improvisados jardins onde cresciam as plantas, e os refeitórios, cozinhas e o teatrinho à direita.

As dependências do pessoal e os escritórios, exceto o da entrada, fechavam o U pela parte baixa. Talvez por causa da hora, o movimento era mínimo. Logo anoiteceria, e a principal atenção médica ocorreria pela manhã, ao nascer do sol.

Havia tanta paz...

Paz em um mundo de dor representado pela silhueta do centro médico.

Sílvia pensou em sua casa, seus aposentos, seus luxos e comodidades. E, por extensão, em seus pais, sempre eles.

Escutava suas vozes.

Especialmente a dele:

— À Índia? Como voluntária? Está louca? Vai perder todo o verão por sua estúpida veia solidária? É aqui, trabalhando, que você pode ser solidária! Outros já vão para lá, os que não têm alternativa, mas você...!

Os outros.

Por que não se atrevera a dizer ao seu pai que o que mais desejava, além de seguir sua vocação e seu instinto, era ficar bem longe da grandiosa estrela dele, para respirar, para não se sentir esmagada por seu peso?

E não era apenas seu pai.

Arthur também.

Um verão para trabalhar, pensar, formar-se, aprender, mudar, encontrar-se a si mesma.

Muitos precisavam de uma vida inteira para isso.

Ela só dispunha de um sopro de tempo.

Empurrando-a com toda a urgência por trás, e a penumbra do mais incerto futuro pela frente.

A voz de sua mãe, a milhares de quilômetros de distância, chegava exatamente como se ela estivesse sentada no bangalô ao lado.

— Alô, sou eu.

— Minha querida! — a expressão foi mais de emoção do que de surpresa. — Já chegou?

— Já.

— E então, como são as coisas por aí?

— Ainda não sei. Acabei de chegar. Vou jantar com ela e imagino que me contará.

— Como ela é?

— Corresponde ao esperado — reconheceu. — Parece muito bom caráter.

— Pelo menos sei que você está em boas mãos.

— Mãe...

— Desculpe, querida — suspirou a mulher. — Sei que você se sente muito mais velha e tudo o mais que quiser, mas para mim você só tem dezenove anos. Na sua idade eu só tinha ido a Paris, Londres, Roma e Nova Iorque.

— Pois já é muito mais do que eu já viajei — lembrou.

— Estou dizendo que uma coisa é viajar pelo Ocidente e outra...

Já tinham falado disso, mas insistia, pois, afinal de contas, era sua mãe. Talvez Elizabet Roca fosse muito bom caráter, como tinha acabado de dizer-lhe, mas ela, Cristina Olivella, não ficava atrás. Sua reputação não era pequena.

— Mãe, o celular aqui não tem cobertura, não vale a pena ficar me ligando.

— Que horror.

— Pode deixar, eu ligo para você de vez em quando, está bem?

— Pelo menos me dê o número do fixo, pode ser?

— Mamãe, é um centro médico, não deve ser utilizado para chamadas pessoais.

— Fique tranquila, não vou criar problemas.

— Bom, estou avisando. Espere.

Deu o número e esperou pacientemente que ela o anotasse. A última pergunta pesou mais na alma do que nos lábios dela, mas não pôde deixar de fazê-la.

— Papai está aí?

— A esta hora? Não, mulher. Vim antes, esperar uma chamada sua.

Alegrou-se. Alegrou-se muito. Ainda que ela quisesse unicamente dar um alô a ele, perceberia seu pesar, o ressentimento na voz embargada, aquela sensação de pai frustrado que a faria sentir-se uma filha ingrata, capaz de contrariar os desígnios de sua vontade de forma tão arbitrária. O eminente cirurgião Rosendo Prats nunca mudaria.

E ela o temia.

Isso era o pior.

— Tudo bem, diga a ele que estou bem. Agora preciso desligar.

— Espere...

— Mãe, tem gente fazendo fila para usar o telefone — mentiu.

Escutou um profundo suspiro do outro lado da linha.

— Cuide-se bem, Sílvia — pediu a mãe.

— Eu estou bem, mãe — insistiu. — Pela primeira vez na vida estou realmente bem, e com muita vontade de fazer alguma coisa, entende?

Elizabet Roca levantou o copo de vinho e o segurou no alto, até que ela fez a mesma coisa, e brindaram com um suave tim-tim que acompanhou seus animados sorrisos.

— Seja bem-vinda, Sílvia.

— Obrigada.

Tomaram um gole e deixaram as taças sobre a mesa. Ocupavam uma mesa individual, num canto do refeitório comunitário. A maior parte do pessoal era de gente local. Sabia que a observavam com curiosidade, por ser a recém-chegada, e também por ser tão jovem.

E talvez por alguma coisa mais.

— Você é muito bonita — a doutora pôs o dedo na ferida.

— Não — retraiu-se, com desagrado.

— A beleza é um dom, não uma carga — Elizabet Roca franziu a testa —, ainda que seja necessário saber lidar com ela.

— Quando eu era pequena me assustavam muito com isso — fez um gesto ambíguo. — Era como se, por ser bonita, não precisasse fazer mais nada. Quando falei que ia estudar medicina, por vocação mesmo, não por pressão dos meus pais, ninguém acreditava.

— Mas você foi modelo.

— Não! Só fiz para angariar fundos para uma ONG.

— Então estou mal-informada.

— Quem falou?

— Não sei, veio na sua documentação, o currículo... — mudou rápido de assunto. — Então, o que achou de Bombaim?

— Cansativa.

— Sério? — estremeceu de prazer, como se tivesse

escutado algo excitante. — Conheceu a estação de trem?

— Estive lá.

— Três milhões de pessoas por dia, dá para imaginar? É uma das coisas mais impressionantes.

— É por isso que, quando acontece um acidente, morrem trezentas pessoas. São coloridos, por dentro e por fora.

— Na Índia tudo é excessivo, a vida em maiúsculas. É o país dos maiores contrastes da face da Terra. O *yin* e o *yang* da sobrevivência, o melhor e o pior se dão as mãos por aqui. Posso garantir que cativa qualquer um que tenha olhos para ver e coração para sentir.

Esperou dela uma resposta.

— Deve ser por isso que estou aqui — foi a resposta. — Tinha a opção de ir para a África, mas preferi a Índia.

— Conte-me de você.

— Tenho pouco para contar, sério mesmo.

— Para começar, por que veio como voluntária?

— Eu precisava disso.

— Então é melhor voltar agora mesmo. Aqui são eles que precisam — apontou o mundo por trás das mesas.

Sílvia ficou ruborizada.

— Não me interprete mal, por favor.

— Está certo, continue — propôs.

— A senhora sabe de quem sou filha.

— Rosendo Prats, um dos melhores cirurgiões plásticos de Barcelona. Cristina Olivella, uma autoridade em sua área.

— Parece pouco?

— Mas você disse que quis fazer medicina por vocação, não por pressão deles.

— Meus pais não queriam que eu fosse médica. Nisso eles são da velha escola. Achavam que o médico devia ser meu irmão, Jordi.

— E ele não...?

— Não.

— E esperavam o que de você?

— Não sei, não tenho certeza. Talvez que fosse economista ou coisa parecida.

— Fiquei muito bem impressionada com seu histórico escolar — disse a doutora Roca. — Notas altas, facilidade nos estudos, adiantada um ano e ainda fez dois cursos em um... Deve ser genético, imagino.

— Também a rebeldia. Só que meus pais se esqueceram dela no meio do caminho, por causa do sucesso.

— Estou vendo aí um conflito de gerações.

— Doutora Roca...

— Pode me chamar de Elisabet.

— Obrigada.

— Diga. Que estava falando?

— Queria dizer que estou aqui porque não me vejo como médica de gente rica, nem operando pessoas que podem pagar uma dinheirama por isso. Talvez eu seja uma romântica, pode ser, e acredite em utopias, mas sempre vi o mundo como um lugar necessário para todos. Um lugar ao qual quero trazer minha contribuição, mesmo que seja porque tenho a sorte de ter algo a oferecer.

— É bonito de sua parte, mas todos buscamos nosso

caminho na adolescência e na juventude, e nem sempre os motivos que nos guiam são os mais claros. Às vezes, mais do que buscar, fugimos para escapar de nossos fantasmas. Precisamos tentar descobrir o porquê de nossos atos. E quando descobrirmos, agir com coerência.

— Está achando que os meus motivos não são os que eu penso que são?

— É o que você deve se perguntar em primeiro lugar, querida. De qualquer maneira, como médica e como mulher, fico feliz com a sua presença aqui. Sei que você vai trabalhar duro e que fará tudo bem feito. Meu único conselho — pôs cara de má para completar: — Odeio dar conselhos, mas este é necessário, tenha cuidado com a Índia.

— Por quê?

— Muda as pessoas. Dos pés à cabeça. A Índia é poderosa, se cuide. Mais ainda se você é vulnerável.

Era.

Por isso teve um estremecimento íntimo, como se um sopro de ar gelado tivesse percorrido a sua espinha, apesar do calor e da umidade que deixava a roupa grudada no corpo.

A noite estava bonita e cheia de múltiplos silêncios, percebia que ali não havia apenas um silêncio, mas uma infinidade deles. O silêncio da floresta, ao sul, o do hospital, o do lago...

— Há quanto tempo está aqui? — perguntou Sílvia, rompendo o silêncio.

— Cheguei com mais ou menos a sua idade. Faz trinta anos.

— Deus — suspirou.

— De imediato não fiquei. Acabei os estudos, me casei, não tive filhos, enviuvei... Quando voltei foi para ficar. Eu não sabia nada de tudo isto. E não me refiro só ao hospital, à fundação, às ONGs atuais e todo o resto. Não existia a consciência social que nos permite trabalhar agora, ainda com muitas limitações, mas com plenitude. Ainda não somos a Fundação Vicente Ferrer de Anantapur, em Andhra Pradesh, que é o estado mais desértico depois do Rajasthan. O sul da Índia é verde, mas igualmente pobre. Nós somos o que somos, mas damos conta do recado. Recebemos o justo, e, mesmo que sempre seja pouco, damos um jeito. Ajudamos em alguma coisa mais do que apenas curar os corpos. Uma parte do trabalho está voltada para a educação, a criação de escolas e oficinas de formação profissional; outra, para as associações de mulheres, que são o verdadeiro motor econômico; também ajudamos a construir moradias, distribuir sementes, dar uma vida melhor aos desvalidos, abrir poços artesianos... A ecologia é o caminho para acabar com a pobreza. As cifras daqui são ridículas para os padrões da Espanha, mas impressionantes para estes lares.

— Como assim?

— Construir uma escola custa apenas seis mil euros, e uma casa, mil e duzentos. Uma máquina de costura custa sessenta. O ruim é que, na Índia, vinte de cada cem pessoas vivem abaixo da linha de pobreza. Estamos falando de um bilhão de pessoas que falam setenta línguas oficiais e mil dialetos, que ainda têm castas, que arranjam casamentos para suas filhas... – seu rosto tornou-se sereno antes de continuar. – Não somos capazes de entender a Índia, é impossível, são muitos contrastes. Nós a amamos, e isso basta. Mas suponho que é isso que a torna algo vivo, mágico. Tudo o que for dito a favor ou contra é verdadeiro. É um país rico em recursos naturais e, no entanto, a pobreza é endêmica. É um país desenvolvido, tecnologicamente avançado, especialmente no que se refere à informática, pesquisa espacial, construção de aviões, energia nuclear e muitos outros campos. É um país forte, com uma renda *per capita* importante. É a quarta economia mundial, e militarmente o terceiro país mais importante. Na Espanha temos quatro línguas oficiais e vivemos cheios de conflitos, desconfiando uns dos outros. Aqui há uma unidade que nos faz inveja. Em momentos de crise se unem assim – fechou o punho –, mas também há divisões notáveis. A Índia é um mundo bem particular. Todas as grandes religiões existem aqui e pelo menos três delas nasceram nesta terra. Há gente de todas as cores e de muitas culturas, mas é a nação por excelência, sólida, firme. Por algum motivo eles a chamam "Mãe Índia". Pode ser que eu fale a partir dos sentimentos, mas estou aqui há muito tempo para não fazê-lo. Posso contar uma coisa?

— Claro.

— Na minha primeira vinda, um dia, saí de um templo e me vi rodeada por uma centena de leprosos que me pediam esmola. Estava sozinha, e me pegaram de surpresa. Sei que a lepra não é contagiosa, mas, ao vê--los, mutilados em suas carnes, sem lábios, sem mãos..., minha primeira reação foi correr. A segunda, dar-lhes alguma coisa. Não corri, superei o medo, fiquei ali, Mas... Eram cem! Que podia fazer?

— E o que fez?

— Nada — aquilo não era a derrota, mas a realidade. — Foi minha primeira lição na prática. Troquei uns dólares em moedas e, no dia seguinte, voltei ao mesmo lugar. Organizei-os e dei algumas moedas para cada um.

— Então, só se necessita de ordem.

— Não — sorriu Elisabet Roca. — Ter os dólares para trocar por moedas e, evidentemente, o ânimo de querer regressar no dia seguinte.

Percebeu a intenção, mas não se pôs a rir. O tema era muito sério.

— Quando eu era criança, sofria muito — confessou Sílvia. — Quando via as desgraças na TV...

— Você queria mudar o mundo.

— Queria.

— Ninguém vai mudar o mundo — refletiu a mulher. — O importante é fazer algo no lugar onde estamos.

— Pensa globalmente, atua localmente — repetiu o velho lema.

— Você tem namorado? — surpreendeu-a com a pergunta.

Ficou vermelha sem querer.

— Não sei.

— Não sabe?

— Tenho alguém, mas a palavra "namorado"...

— O que é que ele diz?

— Ele me chama de Miss ONG.

— Entendo.

Andando, tinham chegado à beira do lago. Viam-se luzes no outro lado. Sob o céu profundamente estrelado, a imobilidade ambiental era absoluta. Sílvia respirou aquele aroma embriagador. Ainda sentia vestígios ocidentais grudados na pele, mas percebia que avançava, conforme os ia cortando, como uma lâmina moldando sua nova forma. E era como uma vertigem. Em Barcelona imaginava-se na Índia vestindo um sári vermelho, ou verde, com o terceiro olho na testa. Em sua casa, em Sarriá, talvez fosse um disfarce, como quando era criança e se vestia de qualquer coisa para deixar de ser ela mesma. Mas, na Índia, não havia disfarce possível.

Sentiu a forte influência empurrando-a para cima.

— Isto é real, Sílvia — ouviu a voz da doutora Roca ao seu lado. — Tenha isso muito presente. Aqui as pessoas sofrem e morrem de verdade. Você tem uma passagem de volta. Eles não. Eles vão nascer, viver e morrer aqui.

Sabia do que estava falando.

E ainda não tinha começado a trabalhar.

Fechou o mosquiteiro e ficou sentada na cama. As vacinas, o comprimido contra a malária, a mudança de água e de comida... Sabia que ninguém poderia evitar a primeira cólica. Uns dois ou três dias. Talvez mais.

Sair do quarto para ir ao banheiro era uma completa odisseia.

Pensou na conversa que tivera com Elisabet Roca e, logo em seguida, em Arthur.

Mais de dois meses separados. Pela primeira vez. Talvez fosse melhor assim. Ficar distante para analisar os prós e os contras. Podia existir amor entre duas pessoas se uma queria mudar a outra? Se ele era incapaz de ver o que ela via e de tentar sentir o que ela sentia...

Miss ONG.

Tinha doído muito, muito mesmo, aquela expressão.

Deixou-se cair de costas sobre a cama. Teria que sair antes ou depois para fazer suas necessidades, à noite, coberta de repelente de insetos. Só faltava ficar doente.

Precisava muito ganhar aquela batalha...

Nunca tinha estado tão sozinha e, no entanto, nunca se sentira tão feliz.

Com medo, nervosa, agitada..., mas feliz. Fechou os olhos.

De manhã começaria realmente a...

Nem percebeu quando pegou no sono.

CAPÍTULO DOIS

A mão que a sacudia suavemente ficou parada quando ela abriu os olhos.

— Bom dia, sim?

Era uma garota indiana, uma adolescente, dezesseis ou dezessete anos, não era muito boa para calcular idade. Vestia uma blusa florida surrada, que há muito tinha perdido o brilho, e uma saia até o tornozelo, que tinha ficado curta pelo menos um ano antes. Tinha um sorriso diáfano, dentes brancos, mas faltava um olho, e isso estragava o que, ainda assim, era um belo rosto. Tinha um *piercing* no lado direito do nariz. Um pequeno ponto brilhante.

— Bom dia.

— Meu nome é Viji — apresentou-se. — Eu ajudar aqui. Você nova, não é?

Falava um espanhol bastante correto dentro do que se podia esperar. Tão correto ou até mais do que seu inglês acadêmico e sem uso prático. Um inglês que só tinha servido para alguma coisa ao chegar a Bombaim, devido à pronúncia deles. Pela janela viu as primeiras luzes da manhã despontando lá na frente, depois das árvores.

— Eu sou Sílvia, Viji.

— Sílvia — pronunciou forçando na letra esse.

Saiu da cama animada e se aproximou da janela. O lago era de novo um espelho. Fascinava. Podia passar horas contemplando-o. Com o canto dos olhos viu que Viji arrumava a cama.

E alguma coisa mais.

Não era só a falta de um olho. Também era manca.

— Deixe, eu faço isso.

— Se você faz. Eu nada — argumentou categórica. Sílvia estava usando uma camiseta branca e *shorts* amarelos. Viji evitou olhá-la abertamente. Sílvia imaginou que a deixava constrangida com sua aparente seminudez, mas não tinha trazido roupão nem nada parecido.

E tinha urgência de ir ao banheiro.

Pegou o *nécessaire*, a toalha, e foi saindo para o banheiro. Apenas pôs os pés fora do quarto, encontrou uma figura masculina, dez metros à frente dos bangalôs, praticando *tai chi*. Estava de costas.

Observou seu corpo, nu da cintura para cima, belamente torneado pela disciplina, pelo trabalho e por sua própria juventude.

Não era indiano, mas ocidental, como ela.

Vacilou um segundo, e foi o suficiente. O jovem se voltou e seus olhos se encontraram pela primeira vez. Teria uns vinte e poucos anos, atraente, cabelos negros abundantes, e uma barba incipiente que escurecia as mandíbulas, embora não a preenchesse totalmente.

Sílvia se esqueceu de sua urgência.

Uma camiseta e umas calças curtas eram roupas tão dignas e decentes como qualquer outra.

Ele se retesou um segundo ou dois, mantendo a postura, com um braço estendido e o outro por cima da cabeça, pernas arqueadas, o corpo inclinado para a esquerda.

— Olá, Leo — cumprimentou Viji por trás de Sílvia.

○ ○ ○ ○ ○ ○

Não saberia muito bem o que fazer se Elisabet Roca não tivesse aparecido nesse momento.

— Ora, ora — exclamou —, vejo que já se conheceram.

— Na verdade não — disse Sílvia. — Acabo de sair do...

Leo foi até ela. Estava suado por causa do esforço, apesar de ser cedo. Estendeu a mão direita.

Seus olhos eram frios, duros. Seus lábios eram um vinco horizontal que não mostrava nem alegria nem curiosidade, só indiferença.

— Leo.

— Sílvia.

Apertaram-se as mãos, com força. Não evitou o leve pugilato e aguentou a pressão do colega. Elisabet Roca parou ao lado deles e abriu um grande sorriso de orgulho que eles não perceberam porque continuavam olhando-se nos olhos, desafiando-se.

Tudo muito rápido e intenso.

— Chegou muito tarde? — perguntou-lhe a doutora.

— Meia-noite.

— Tudo bem?

— Tudo bem. Depois passo por lá para informar.

— Conforme te falei, Sílvia irá me ajudar — colocou a mão sobre o ombro da moça. — Mas você já sabe que aqui fazemos de tudo um pouco. Espero que sejam bons amigos.

— Claro — ele assegurou.

O tom era seco, metálico.

— Adeus, Leo. Bom dia — Viji passou muito perto, meio faceira, meio envergonhada, fixando nele seu único olho, enquanto seu corpo caminhava seguindo o ritual imposto por suas pernas mancas. — Bom dia, doutora Roca. Bom dia, Sílvia.

— Eu... estava indo tomar banho — recuperou a urgência perdida.

— Tomaremos café em cinco minutos — apressou-a Elisabet Roca.

A cena se fragmentou. Viji caminhou para o hospital, a doutora deu a volta para ir aos refeitórios, Sílvia foi para o banho. Só Leo ficou onde estava.

Sentiu seus olhos duros, cada vez mais frios, passo a passo, até entrar nos banheiros anexos aos bangalôs.

Então a estranha má vontade que sentia a fez perguntar-se se era uma reação natural frente à hostilidade que tinha percebido nele ou uma mera questão de pele.

As duas explicações a desconcertaram, nunca lhe acontecera nada parecido.

Nem tão intenso.

O tempo ali era sempre curto, por isso tinha que ir direto ao ponto.

— Quem é esse Leo?

— Um voluntário como você, muito bom em seu campo, a oftalmologia. Aqui os títulos acadêmicos importam pouco, embora sejam necessários. Em muitos países do Terceiro Mundo o assunto da visão é prioritário.

— Por quê?

— Quer uma aula rápida? — começou a explicar, sem esperar pela resposta. — Veja só, os principais problemas oftalmológicos nos países considerados de Terceiro Mundo derivam da falta de recursos, da escassa higiene ou dos males endêmicos que assolam suas populações. O tracoma é um dos mais generalizados. Trata-se de uma conjuntivite causada por um germe da família das clamídias, transmitido por moscas. Os bebês de poucas semanas se infectam rapidamente no contato com seus irmãos. A conjuntivite se inflama e aparecem as remelas. Quando os pequenos levam as mãos aos olhos, eles se sobreinfectam com outros germes. Assim começa o caminho para a cegueira. As infecções persistentes durante a infância e juventude desembocam em problemas na vida adulta, a conjuntiva fica cheia de cicatrizes, o que faz com que as pálpebras se contraiam para dentro do olho e as pestanas raspem a córnea. No fim, a córnea fica opaca, e a pessoa perde a visão. Para erradicar o tracoma só se necessita de água, higiene. Lavar o rosto e as mãos das crianças, mas, em muitas casas, lavar-se é um luxo, não há sabão, nem tradição de fazer isso — deu por concluída a aula. — E é só um exemplo.

— Então Leo já é médico.

— Não, ainda não. Tem vinte e três anos e é sua quarta visita.

— Há quatro anos ele vem aqui?

— Isso mesmo, e é provável que fique.

— Quando se forma?

— Esse é o problema — admitiu Elisabet Roca. — Está com dificuldade de renovar a bolsa, e sem ela...

— Por que tem dificuldade?

— Porque é daqueles que não ficam de boca fechada — a doutora sorriu com ligeiro pesar. — Eu o admiro por isso, mas não ter jogo de cintura sempre acarreta dificuldades.

— Há pessoas que brigam com todo mundo, tenham ou não razão — disse Sílvia, pensando na frieza do seu encontro com ele.

— Leo é uma pessoa honrada, diz o que pensa, e isso muitos não aceitam. Nunca vai dourar a pílula para ninguém, nem sequer para conseguir o que mais deseja. Este último semestre, foi mal na faculdade e pode sofrer as consequências. De qualquer maneira, eu te digo: prefiro ele, sem terminar o curso, a outros com muitos títulos. Isto é, preferimos sempre com o coração, não com a cabeça, embora seja necessário utilizar esta última para governar o primeiro.

— Então, ficará por aqui, aconteça o que acontecer?

— Acho que sim, embora seja dos que pensam que o mundo é demasiado pequeno para sua ansiedade — pensou um instante para aprofundar um pouco mais o que estava dizendo. — Não se engane com a idade dele, Sílvia. Está curtido. Já viajou pelas partes mais sofridas da África, da Ásia, passou dois meses no Tibete com apenas dezessete anos... É uma alma livre que não admite os males da civilização ocidental.

— O clássico inconformista, em guerra com todo o mundo.

Deparou-se com um olhar fixo nela.

— Eu não diria tanto — emendou devagar a mulher. — Você me falou ontem à noite que, quando era criança, sentada diante da TV, sempre queria salvar o mundo. Leo não pretende salvar ninguém, apenas fazer com que as pessoas assumam os problemas, a si mesmas, e lutem por aquilo que desejam. Essa é sua filosofia, tão respeitável como qualquer outra. E, para começar, você pode confiar nele.

— Ele confia nos outros?

— Por que a pergunta?

— Me olhou de um jeito estranho.

— Talvez você represente parte do que ele despreza. Quando falei de você para ele, ficou calado, não fez qualquer comentário.

— Estou aqui fazendo a mesma coisa que ele!

— Com uma diferença: Leo é um desconhecido, filho de ninguém, acuado, e ainda assim capaz de se doar generosa e completamente por seus ideais. Você é bela, tem pais famosos...

— Não é justo.

— Dê um tempo para que ele te conheça.

— Ele me conhecer? E eu?

Elisabet Roca encolheu os ombros e dobrou os cantos da boca para cima.

— Você queria falar de Leo, e falamos. Agora... que acha de começarmos a trabalhar?

○ ○ ◯ ○ ○

A vertigem, a voragem, começou assim que o hospital foi aberto.

De um lado, os que já estavam ali, tratando-se. De outro, os que formaram a longa fila do dia, com seus problemas e urgências. Havia outra fila na janelinha dos remédios, onde havia uma relação de nomes de pessoas com doenças crônicas, que vinham ali receber os medicamentos. O ir e vir de uns e outros foi cansativo já nos primeiros minutos. Repentinamente era como se a metade da Índia estivesse ali. Feridas infectadas, deficiências para tratar; parturientes com os primeiros sintomas, que iam diretamente para a sala de parto, onde as enfermeiras vestiam sári azul; malformações dolorosas, inchaços, picadas, problemas oculares. E tudo multiplicado pela pobreza, falta de alimentos nutritivos, de água ou de higiene. A comida consistia em ovo, banana e biscoitos. Todos os pratos iam cobertos com uma rede, para evitar que as moscas os assaltassem. Sempre as moscas. As mulheres com crianças que não podiam ficar sozinhas as mantinham em um berço improvisado, feito com a dobra do lençol, ao lado da cama ou da maca. Nada a ver com um hospital convencional. Pura imaginação e utilização máxima dos escassos recursos existentes.

Não falaram muito durante a manhã. Não houve tempo.

Mas era suficiente estar ali para começar a aprender a grande velocidade. Ver e escutar. Elisabet Roca se movimentava rápido, tomava decisões imediatas, avaliava com presteza, sabendo que não havia tempo para consultas médicas, falava com doçura a quem necessitava e se mostrava inflexível e categórica com quem a fazia perder tempo. Os doentes a respeitavam e temiam, concordavam com a cabeça, engoliam a dor e a olhavam como se fosse uma deusa capaz de fazer milagres. Quando chegou a hora das cirurgias, Sílvia entrou na última dimensão daquela nova realidade.

Elisabet Roca não tinha uma equipe formada por meia dúzia de profissionais. Estava sozinha. Era ajudada por enfermeiras indianas qualificadas, ou pelo menos experientes em situações limites, alguns colaboradores de diversos países e, agora, ela. Abria um corpo, operava sem demora, fechava e costurava, tirava as luvas, que não iam para o lixo, mas para um recipiente para serem lavadas e reutilizadas, e passava ao paciente seguinte. Economia de meios. Economia de tempo. Mas a melhor atenção.

Instinto sobre qualquer outra coisa.

— Sabia que não era uma apendicite — falava consigo mesma, trabalhando sempre.

Sílvia tentava se concentrar.

— Então...

— Tinha os sintomas, mas o quadro não estava completo. Veja só: uma necrose intestinal.

Sílvia viu a pequena dobra, uma espécie de aleta dobrada sobre si mesma, inerte.

— Já que estamos nisso, vou tirar o apêndice, será um problema a menos.

A manhã passou em um abrir e fechar de olhos. Tanto que nem percebeu o cansaço de estar de pé todo o tempo, até que a chefe deu por terminada a longa sessão de intervenções. Só então se sentaram uns minutos em um dos bancos externos, agora livres de visitantes que esperavam sua vez. Viji, atenta, levou-lhes dois copos de água fresca.

— Esta menina é uma maravilha — disse a doutora vendo-a ir embora. — Pena que aqui os homens queiram alguma coisa mais do que uma companheira.

— Não entendo.

— Tem dezoito anos, é maior de idade, mas ninguém a quer porque ela é manca e por lhe faltar um olho. Tem sido impossível arranjar um casamento, mesmo que fosse com o mais vulgar dos candidatos. E é puro coração, posso assegurar. Coração e força. Está sadia, é trabalhadeira, poderia ter filhos fortes... Em certos países uma mulher não é ninguém se não teve dois ou três filhos antes dos vinte anos. Fica marginalizada socialmente. Mas pelo menos ela se sente útil ajudando aqui. Os indianos querem aprender, sabe? Essa é a melhor parte da nossa relação, sua necessidade de aprender.

Não tinha visto Leo durante toda a manhã. Naquele momento o viu indo em direção aos refeitórios. Sentiu-se irritada, a ponto de não querer continuar falando da desigualdade da mulher em nenhuma parte do mundo.

Não tinha voado até ali para brigar com ninguém, nem para se defender por ser quem era.

— Amanhã você vai conhecer o doutor Giner — anunciou-lhe Elisabet Roca.

— Ouvi falar muito dele.

— E quem não ouviu? Ele não gosta que lhe digam, mas... é uma eminência, sabe? Fica pouco por aqui, porque prefere ir aos nossos outros centros, espalhados pela zona. Tem cinquenta e sete anos físicos, mas, afortunadamente, apenas vinte ou trinta mentais. Você vai gostar dele.

— Espero que ele goste de mim.

— Está brincando? — começou a rir. — Quando te vir se comportará como todos os homens mais velhos frente a um rosto bonito! Aposto o que você quiser que vai chegar todo interessado e vai ficar se exibindo feito um galo em volta de você!

Sílvia ficou vermelha como um pimentão.

À noite, estava esgotada, em todos os sentidos. Muito mais mental do que fisicamente.

Antes, já havia estado em hospitais, tinha feito práticas incipientes, era uma estudante comprometida que não evitava dar a cara em nenhum momento, e inclusive tinha estado em cirurgias com sua mãe e seu pai, para aprender com eles. Mas nada se comparava com aquilo, em nenhum sentido. Um médico se adapta às urgências, à dor e à morte no hospital. É parte de seu processo e de sua própria imunidade. As sensações opressivas, o desânimo, as frustrações se superam. Do outro lado de cada porta está a civilização, o que equivale a dizer, a couraça protetora. Ali não. Do outro lado da inexistente porta, havia mais pacientes, os mesmos meios escassos, os mesmos olhos de esperança depositada neles.

Um dia era muito mais do que um lapso de tempo circunscrito a vinte e quatro horas.

Representava uma eternidade.

Deitou-se na cama vestida, só tirou os sapatos. A mudança de fuso horário também a oprimia. E a cólica. Tinha se tornado um fluxo incessante, apesar dos comprimidos para reequilibrar o organismo.

Tantas sensações...

Tinha jurado escrever um diário, todas as noites sem falta, para poder recordar tudo quando voltasse, e depois, algum dia, quando pudesse recuperar tantas emoções juntas. Mas não conseguiu levantar-se de novo, e, menos ainda, encontrar as forças necessárias para pôr na ordem correta tantos acontecimentos.

Fechou os olhos.

Nada mais.

CAPÍTULO TRÊS

Jordi era dois anos mais novo do que ela, e se algo estava claro para ele é que nada estava claro. Apesar das diferenças, se davam bem, se protegiam. Tinham formado uma frente contra a "autoridade competente", representada por seu pai e sua mãe. Jordi apoiava sua extraordinária versatilidade para os estudos, sua capacidade e sua força de vontade, e Sílvia apoiava o direito dele de não ter que decidir o futuro à força se ainda não tinha certeza sobre o que desejava. Em particular, antes de ir para a Índia, seu irmão lhe confessou que depois de completar dezoito anos talvez parasse um ano para poder viajar. Seria no próximo verão. E não se importava se seu pai não financiasse sua experiência. Tinha dinheiro guardado. Parte da herança da avó Agustina.

Sem saber por que, associou os desejos de Jordi com o que lhe contou a doutora Roca a respeito de Leo e suas viagens precoces.

Não tinha voltado a falar com o colega.

Estaria ele evitando-a?

— Como é que é? Me conte — quis saber Jordi.

— É lindo, de verdade. Aqui, o sul é verde, e o norte, árido, ao contrário da Espanha. Os indianos do sul também são mais escuros do que os do norte, a pele mais morena. Mas as cores não mudam. As mulheres usam uns sáris lindos.

— E o hospital?

— Essa é outra história — suspirou.

— Dureza, não é?

— Bom, já esperava. Por isso estou aqui. As clínicas de luxo estão na Suíça.

— E em Barcelona — brincou ele, ácido.

— Como vão as coisas? — não pôde deixar de perguntar.

— Ufa! — seu irmão não podia ter sido mais expressivo. — Nem me atrevo a abrir a boca.

— Assim tão radical?

— Mamãe, não. Você sabe que ela faz média. Vive e deixa viver, mesmo que, antes, fale tudo o que pensa, para deixar claro. Mas o papai... Ninguém consegue chegar perto dele estes dias. É como se... você fosse ficar aí para sempre.

— Você acha que não vou mais voltar? — pareceu-lhe absurdo.

— Porque foi contrariado. Você sabe, ele se sente o centro do universo. Quem não está de acordo... Ontem o escutei perguntar à mamãe sobre o que tinham conversado. Mamãe disse que sobre nada, que o fato de você ter sua própria vida e tomar suas decisões não significa que ele tenha se equivocado em alguma coisa.

— Santo Deus — lamentou Sílvia.

— Vai passar quando você voltar e contar suas andanças, não se preocupe. Então vai se encher de orgulho e até se gabará de você. Você não conhece a figura? Tenho que te agradecer porque, graças a você, pararam de implicar comigo. Você é a protagonista agora.

Do jeito que falam, é como se você tivesse partido para uma guerra.

— É uma guerra, contra a pobreza, a miséria, os atavismos seculares — murmurou Sílvia.

— Você me entende.

— Claro que sim.

— Espero que tudo dê certo com você — desejou Jordi. — Lembre que daqui a pouco será a minha vez.

— Por que não daria certo?

— Papai acha que você está perdendo tempo e jogando fora sua vida e suas oportunidades.

— E você também acha?

— Eu não teria ido à Índia, mas à América Central ou à América do Sul — disse ele. — Pelo idioma.

— Estude medicina e, na próxima, vamos juntos. — propôs ela.

— *Tu quoque, Brute?*[2]

Começou a rir pela ideia.

— Tranquilo, César.

— Você ligou para o Arthur?

O nome atravessou-a de fora a fora.

— Não, por quê?

— Porque ele ligou para cá, mais de uma vez, para saber notícias. Na última vez fui eu que falei com ele.

— E?

---

2   No século I a.C., o imperador romano Júlio César foi traído e assassinado a punhaladas pelos senadores. Entre eles, identificou seu filho adotivo Marcus Brutus (em latim Brute), e diante da traição inesperada proferiu a frase que se tornaria uma expressão. Em tradução livre "Até tu, Brutus?"

— Nada, mas, se voltar a ligar..., falo o que para ele?

— Que estou bem, que o celular está fora de área e que não posso ficar ligando.

— Vocês terminaram?

— Não, mas não quero falar com ele agora.

— Tá bom, tá bom.

— Ei, está tudo bem, mas você tem que me proteger, de acordo?

— Já te puseram o terceiro olho?

— Vou pôr em você, mas roxo.

Gostava de escutá-lo rir. Quando era pequeno, e fazia cócegas nele, ele se retorcia nos braços dela, até que os dois ficavam esgotados por causa do esforço, um debatendo-se para escapar, e a outra, decidida a não soltá-lo. Parecia uma coisa muito distante no tempo.

— Ontem saí com Mariasun — Jordi mudou de assunto.

○ ○ ◎ ○ ○

Lorenzo Giner não ficou jogando charme para ela, mas esbanjava simpatia com a elegância e a segurança dos seus muito bem conservados cinquenta e sete anos. Sílvia sentia-se um pouco como a novidade, mas também como quem já fazia parte de uma nova família. Elisabet Roca tinha se tornado a mãe, e, agora, Lorenzo Giner adquiria as dimensões de um pai. Eles a mimavam. Embora fosse uma voluntária como qualquer outra, o tratamento era diferente. Podia notar. E não sabia se gostaria que fosse de outro jeito, com maior privacidade, ou, no fundo, gostava da ideia de não precisar enfrentar tudo aquilo sozinha, como tinha pensado no começo.

Nunca soubera muito bem até onde suas próprias forças poderiam levá-la.

Nem mesmo se as que tinha eram justas, exageradas ou... capengas.

— Precisávamos de gente como você, querida — acariciou-lhe a face com a mão direita, um toque suave, carregado de ternura. — Gente jovem, com idealismo, mente aberta e, ao mesmo tempo, não tão anônima, para que os outros percebam que isto não é coisa de quatro loucos solitários.

— Então, os sobrenomes ajudam?

— Claro que eles têm peso! Seria tolice fechar os olhos para isso! — foi categórico. — Uma Prats Olivella aqui. Consegue perceber o que significa? Com você não tem erro. Você é quem é. Acha que o dinheiro cai do céu para nós? É possível que você faça mais pelo simples fato de ser quem é do que trabalhando como enfermeira agora, ou médica em alguns anos.

— Não diga isso, por favor — pediu.

— O quê, o primeiro ou o segundo?

— O primeiro.

— É a verdade, e a verdade tem que ser dita porque é única. Cada um vai aproveitando as oportunidades que a vida lhe dá. É uma tolice querer nadar contra a corrente.

— Desse jeito você vai fazê-la sentir-se como uma patrocinadora — censurou-o Elisabet Roca.

— O que eu quero dizer...!

— O que você quer dizer já disse, e o compreendemos perfeitamente bem — a doutora estendeu um braço protetor por cima dos ombros de sua nova pupila. — Agora desfrutemos desta noite perfeita e não vamos mais falar de trabalho, está bem?

— E de que podemos falar?

— De futebol — brincou a mulher.

— Seria capaz — ele foi cortante.

— Posso perguntar uma coisa?

— É claro — disseram receptivos.

— Meu pai ou minha mãe, ou alguém próximo a eles e que vocês conhecem, ligou para pedir que tomem conta de mim ou...?

— Não — retrucou rápido Giner. — Fique tranquila que não.

— Tendo em vista o que nos contou, fariam o contrário, para que você voltasse o quanto antes — afirmou a doutora Roca. — E nesse caso teríamos ficado muito fora desse assunto.

— Viva e deixe viver — concluiu o médico.

— Obrigada.

— Não nos agradeça. Mas ao voluntariado: sem o muito e desinteressado trabalho que fazem tantas pessoas, nada disso seria possível, ou seria muito difícil — afirmou Lorenzo Giner.

— Ser voluntária é mais do que ajudar os outros.

Também é uma escola, uma forma de aprender e enfrentar a vida, não de forma solitária, mas coletiva, formando isto — Elisabet Roca fechou o punho direito.

— Doutor — encarou-o. — Por que disse que terei alguma coisa a oferecer como médica aqui, em alguns anos?

— Sempre temos a secreta esperança de que o futuro seja muito melhor — o homem sentou-se na cadeira e estendeu a mão para pegar outra vez sua taça de vinho. — A maioria dos médicos que vem para cá repete a experiência. E a maioria dos voluntários que estão estudando não se esquece de tudo isto. Espero que com você seja assim.

Tinha acabado de chegar e já lhe faziam ofertas.

Suspirou com orgulho não isento de preocupação, como se tivessem acabado de lhe dizer que confiavam nela.

Para seu pai aquilo seria motivo de um infarto.

Preferiu se calar e continuar desfrutando do final da refeição.

○ ○ ◉ ○ ○

Sílvia e o médico a viram distanciar-se em direção ao hospital, passo apressado, seguindo a agitada enfermeira indiana que a chamara para uma urgência. Perderam-se na escuridão da noite fechada.

— Ela é tudo aqui — disse então Lorenzo Giner, abarcando o lugar em que se encontravam.

— Pensei que fosse mais do que uma só pessoa.

— É diferente. Nada de tudo o que você vê seria possível sem sua vontade de ferro — abarcou outra vez o complexo hospitalar com os braços abertos. — Quando chegou aqui assumiu sem recursos, com as mãos vazias. Mas tinha o coração cheio de esperança e amor. O resultado está aí.

— Comentou que tinha perdido o marido.

— Isso é o mais extraordinário — os olhos do homem brilharam. — Ter o coração cheio de amor quando a morte arrebatou tudo.

Tinha percebido alguns detalhes, olhares, gestos. Agora constatou. Os olhos de Lorenzo Giner continuavam olhando para o lugar por onde a doutora Roca tinha desaparecido.

E não eram olhos simplesmente respeitosos ou de admiração.

Eram olhos fascinados.

Sílvia pestanejou, meio divertida, meio empolgada, meio perplexa. Era boa para calibrar emoções alheias. Ruim com as suas, mas as alheias lhe pareciam espelhos muito claros. O curioso, no entanto, continuava a ser sua peculiar reação infantil ante o amor adulto. Uma vez escutara seus pais fazendo amor, e, longe de sentir-se feliz porque se amavam, no dia seguinte não se atreveu a olhar para eles, morta de vergonha. Não suportou a ideia de que, "na idade em que estavam", continuassem sendo simples seres humanos. Os olhos de Lorenzo Giner agora eram dois pontos de luz. Ali, naquele fim de mundo, um lugar distante, afastado de tudo, em que a vida e a morte iam de mãos dadas, também existia o amor.

Pelo menos em uma direção.

Ficou assombrada com sua percepção.

— É casado, doutor?

Mordeu o lábio, pela ousadia.

— Já fui.

A resposta era breve, concisa, por isso não insistiu. Os olhos do médico, não obstante, voltaram-se para ela e pararam de olhar o rasto da doutora Roca.

O silêncio foi breve.

— Amanhã vou madrugar para ir embora — comentou o homem. — Isto tudo é muito grande e há tanto ou mais trabalho fora do que há aqui.

Fim do serão.

Leo realizava seus exercícios, como todas as manhãs. Nem se levantando mais cedo conseguia evitar o encontro com ele ao sair do bangalô para ir ao chuveiro. Estava ali com seu belo corpo formando figuras que, por vezes, tinham algo de etéreo e mágico. Era capaz de se aguentar em um só pé, levantar a outra perna e segurar o pé suspenso com uma mão. Sem tremer nem desequilibrar-se.

Por um momento ficou perplexa ante a serenidade e nobreza do seu semblante, a paz e toda a força interior que expressava.

Caminhou descalça até os banheiros, entrou em um e tomou banho. Ducha, um pouco de creme hidratante, dentes escovados. A cólica continuava, e isso era uma boa notícia, embora a incomodasse o suficiente para impedir que levasse uma vida normal. Tornou a vestir a camiseta e os *shorts*. Quando saiu para voltar ao bangalô foi impossível passar sem tropeçar no olhar de Leo.

— Bom dia.

Não lhe respondeu de imediato, expulsou devagar o ar dos pulmões, terminando um exercício, ou uma figura, ou o que fosse aquilo, e só então respondeu.

— Olá.

Sílvia não soube o que fazer, vacilou. Podia continuar caminhando apenas, passando por ele, ou podia tratar de entabular uma primeira conversa depois daquela evidente contrariedade do primeiro encontro. Decidiu que, já que ia passar ali todo o verão, e Leo fazia parte de algo mais do que a paisagem, o melhor seria comportar-se normalmente o quanto antes.

— Faz isso todas as manhãs? — fez a pergunta mais óbvia.

— Faço.

— Para que serve? — a segunda pergunta não era óbvia, era estúpida, mas continuou fazendo o tipo.

— Para tudo. Corpo, mente...

Não achou nada mais para dizer. Estavam sozinhos. Em Barcelona tinha fama de articulada, de não se acanhar, de sempre saber o que responder de um jeito rápido. Ali não podia ser diferente.

Ou era por causa dele?

Nunca tinha conhecido ninguém como Leo.

— Todos os exercícios são para o corpo?

— O que quer dizer?

— Tem algum para sorrir? — Leo ficou vermelho.

— Isto não é uma festa — disse.

— Não, claro — Sílvia foi contundente —, mas, seja como for, tampouco é uma guerra, nem funeral, e estamos juntos nisso.

Pronto, tinha falado: forçou um sorriso. Encarou-a. Ela sustentou aquela inusual penetração visual, direta, quente, apesar do frio que a dominava. Como fogo, só que ao contrário. Levava a toalha presa na altura do peito, como se, de repente, a roupa de dormir fosse insinuante. Tinham lhe falado que devia ser recatada ali, evitar o grotesco, e esquecer o que tinha feito em Barcelona ou em outro lugar qualquer. Ali ela não ia ser uma bela garota, mas uma mulher trabalhando. Por isso era capaz de sair de camiseta e *shorts*, aliás, muito mais decentes do que qualquer biquíni.

E agora se sentiu nua, embora ele nem olhasse para o corpo dela, só para os olhos.

— Está acostumada a ver todos batendo palmas para você, hein? — disse Leo, irônico, balançando a cabeça de um lado ao outro.

Era uma porta fechada.

— Não sei quem te prejudicou — pronunciou cada palavra como se fosse um dardo, vencendo o incômodo —, mas vejo que sabia o que fazia, e você contribui ao máximo com sua parte.

Virou-se de costas e continuou seu caminho.

Esperou uma frase malcriada, ou que fosse atrás dela e a agarrasse, mas não aconteceu nada disso, embora sentisse aqueles olhos perfurando suas costas.

Fechou a porta do bangalô com cuidado. Não queria bater a porta e parecer mais irritada do que estava.

Do outro lado do lago, em frente ao seu bangalô, havia uma casa meio escondida entre as árvores. Não parecia uma casa normal, mas uma espécie de mansão. À noite, as luzes brilhavam fracas.

Mais tarde, todas se apagavam, menos uma.

E antes de amanhecer continuava acesa.

Não podia dormir, por isso, em suas duas idas ao banheiro devido à cólica, chegou à janela e comprovou suas suspeitas. A casa exercia certo fascínio sobre ela, por seu tamanho, porque era diferente das outras, não se parecia nem com as melhores que tinha visto a caminho do RHT quando viera de Mysore. Mas a luz sempre acesa naquele quarto, ou o que fosse...

Começou a se perguntar quem viveria ali.

E por que deixava uma luz acesa toda a noite sem ser no alpendre.

— O negócio é dormir ou amanhã será pior — disse para si mesma.

As pernas lhe doíam, não tanto, porém, quanto a alma. Cada caso, cada pessoa, cada cirurgia, curativo ou tratamento, deixava uma marca em sua memória. Os pacientes de seu pai ou de sua mãe, por vontade própria, no caso do primeiro, e por acidente no caso da segunda, entendiam o que lhes estava acontecendo, pagavam por isso, inclusive, em sua maioria, sorriam, sabendo que iam se recuperar. Ali, por outro lado, muitos dos homens, mulheres e crianças careciam da mínima cultura para entender o mais elementar. Não sabiam por que lhes doía isto ou aquilo, por que a falta de higiene os deixava cegos, por que seus bebês nasciam com malformações ou por que morriam em um abrir e fechar de olhos. Iam ao hospital e olhavam a doutora Roca como se ela fosse uma deusa, capaz de fazer milagres. As explicações sobravam. Para quê? Uma dor de estômago ou um câncer tinham os mesmos sintomas. Havia muito medo em seus olhos...

Virou-se na cama.

Amanhecia, e não conseguia conciliar o sono.

Seria por Leo? Estivera todo o dia nervosa depois do que acontecera de manhã?

Por que, de repente, alguém em seu caminho, daquele jeito tão fulminante e áspero?

E o mais estranho: em quem menos pensava era em Arthur.

Sem um pingo de culpa.

— Deus... — gemeu, compreendendo que o dia seria duro e que dormiria até em pé.

CAPÍTULO QUATRO

Em geral o número de doentes que iam ao hospital era mais ou menos o mesmo todos os dias. Entre eles e os internados, o tempo era voraz, um escorpião que devora suas crias. Mas não era sempre igual, naquela manhã, por exemplo, sem que soubessem o motivo, a avalanche tinha sido maior.

— Há dias em que tudo sai atrapalhado — comentara Elisabet Roca.

Mandaram buscar o doutor Giner. A rede de dispensários e centros de coordenação localizados nos povoados mais distantes atuava como uma teia de aranha que cobria a zona da melhor forma possível. Os voluntários se distribuíam também por ela. Havia um francês, uma italiana, um alemão, uma inglesa e dois holandeses, rapaz e garota, casal. No RHT, naqueles dias o pessoal era espanhol e indiano, abaixo do mínimo, Leo e ela. Maior precariedade, impossível.

Além disso, a seção de oftalmologia estava na zona oposta àquela onde trabalhavam Elisabet Roca, ela e as auxiliares indianas que colaboravam como enfermeiras, por isso, continuava praticamente sem ver Leo.

Talvez a estivesse evitando.

Atendiam a uma anciã. Podia ter cem anos. Era um pergaminho de cristal, miúda e quebradiça. Estava sozinha, nenhum acompanhante. A doutora lhe perguntou de onde vinha. Ela sussurrou um nome impossível de decifrar para Sílvia. Depois disse mais alguma coisa.

— Não veio com ninguém, está sozinha — disse Elisabet Roca.

— Que tem?

— Anos — acariciou-lhe a testa com ternura. — Veio morrer aqui, só isso.

— Mas...

— Se você vai chorar, ou pôr cara de espanto, é melhor ir embora agora mesmo — advertiu-a.

Não quis se render. Tinha estado a ponto de desmoronar algumas vezes, sempre com crianças. A situação era diferente.

— Para os *dalits* tudo é pior — suspirou a doutora.

— Os *dalits*?

— Os párias — explicou. — Entre todas as castas e subcastas, todas ocupando um lugar determinado na estrutura social, com suas próprias crenças, regras, condutas e valores, e com um sistema hierarquizado e perpetuado há milhares de anos, eles são a última e mais insignificante. De fato, são os sem casta, os intocáveis, condenados aos trabalhos mais servis e humilhantes. E aqui não há possibilidade de mudar ou melhorar, ou... A pessoa nasce em uma casta e isso não pode ser mudado.

— Mas isso não tinha sido abolido pela Constituição indiana?

— Você acha que neste país as coisas mudam da noite para o dia, num abrir e fechar de olhos, só por causa de um papel? Esta mulher não sabe ler nem escrever, e mesmo que soubesse... Todas as fundações que atuam na Índia estão lutando para melhorar isto, para que os *dalits* sejam donos de seu próprio destino. E é preciso começar agora para que em cinquenta ou cem anos as mudanças sejam reais.

Cinquenta ou cem anos.

A anciã agarrou a mão de Sílvia. Estremeceu com o contato inesperado. Com voz entrecortada, a moribunda sussurrou algumas palavras incompreensíveis.

— Está dizendo que você é bonita — traduziu Elisabet Roca. — E que ela também foi, na juventude.

Sentiu a onda de piedade, a doçura. Não tinha visto sua avó Agustina morrer. Estava fora. Não pôde se despedir da pessoa mais querida, além de seus pais e seu irmão. Talvez o destino a estivesse compensando de alguma forma, ainda que fosse com uma estranha.

Não tinha nenhum dente na boca.

Apertou um pouco mais sua mão.

— Fique aqui e fale com ela — pediu Elisabet Roca.

— Mas... falo o quê?

— Apenas fale. Pode ser que ninguém tenha falado com ela há anos. Quando dormir ou morrer, me comunique.

Como sempre, as explicações sobravam. A doutora levantou-se para atender os vivos e a deixou sozinha com a anciã.

Ainda sentia aquele golpe na alma.

O último suspiro, esse estertor final de paz, como se exclamasse "finalmente!", aconteceu...

— Pense comigo: você fez mais por essa mulher nessa hora decisiva do que a maioria das pessoas que a conheciam há muitos anos.

Conseguiu fazê-la esboçar um sorriso tímido.

— Você procura o lado positivo das coisas, não é?

— É a única maneira, minha linda.

— Tudo bem, mas...

— Olhe, há trinta anos não havia nada, e agora temos este hospital e criamos muitas oportunidades aqui, como os outros fazem nos outros lugares. Pode ser que para você isto pareça o quintal do mundo, mas demos um grande salto para a frente. Daqui a outros trinta anos, podemos supor que teremos dado outro. E é assim que as coisas são feitas, Sílvia. Não há outro jeito, a não ser que o mundo parasse de se armar e destinasse todo esse dinheiro à cultura, saúde, pesquisa para a paz, alimentação...

— A utopia sonhada.

— É preciso acreditar sempre. Se deixamos de acreditar, tudo se acaba. E te digo mais: é melhor acender uma vela do que lamentar a escuridão.

— Imagino que você doutrina a todos os colaboradores que passam por aqui, não é mesmo?

— Muitos já sabem o que terão de enfrentar. Outros têm mais dificuldade. Você não está entre os piores, e posso dizer que você demonstrou o suficiente nestes primeiros dias.

— Obrigada. E Leo? — arrependeu-se da pergunta enquanto a fazia.

— Leo é outra coisa.

— Decididamente ele não vai com a minha cara.

— Dê-lhe tempo. Precisa te conhecer.

— As antipatias que aparecem sem explicação são mais difíceis de superar.

— Leo não tem antipatia por você, mas por aquilo que você representa.

— Isso não é justo.

— Demonstre isso a ele.

— Não tenho por que demonstrar nada a ninguém!

— Então, esqueça — foi direta Elisabet Roca.

— Como posso fazer isso se por aqui não há mais ninguém?

— Veja — pensou sobre o que ia dizer —, até onde eu sei, Leo cedeu apenas uma vez, justamente antes de vir para a Índia, há quatro anos. Apaixonou-se. E da forma como as pessoas generosas e enamoradas costumam apaixonar-se: foi com tudo, sem concessões, cem por cento. Por esse motivo, quando ela não o acompanhou, quando não quis segui-lo, e recuou no último momento, ele se afundou. Não tanto que perdesse o rumo, mas o suficiente para ficar marcado, porque não há nada que marque mais do que o grande amor da adolescência ou da juventude, especialmente se dá errado, Sílvia.

— Por isso, tem ódio às mulheres.

— Não, ao contrário. Odeia a impotência, a resignação, a submissão. Por isso ele luta, para continuar o mesmo. Se lhe tiram a bolsa, fica sem parte de sua vida. Você é filha de pessoas com recursos, representa o... não sei, o poder, se quiser chamar assim. Que faz uma dona de casa com quatro filhos, que engordou vinte quilos, se sente feia e frustrada, quando vê pela televisão essas modelos e atrizes tão glamourosas, sorridentes, para quem tudo parece ir no melhor dos mundos? Algumas talvez joguem as batatas que estão descascando no aparelho de TV. É assim!

— Não sou uma garota esnobe brincando de ser voluntária.

— Eu sei, e ele também vai acabar sabendo.

— Mas, enquanto isso...

Não ia terminar a frase. Era só um desabafo. De qualquer maneira, o diálogo foi interrompido de forma abrupta com a entrada de Lorenzo Giner pela porta, despenteado e suando por algum esforço que o obrigara a correr.

— Aconteceu um acidente na estrada, duas camionetes! — anunciou. — Vamos precisar de toda ajuda possível.

— Valei-me, que dia! — gemeu Elisabet Roca, saltando da cadeira.

○ ○ ◉ ○ ○

A última viagem, o último ferido. Toda noite de vigília.

Lorenzo Giner sentou-se, exausto, na escada da entrada do hospital. A madeira gemeu mais pelo impacto do que por seu peso. Em qualquer hospital do mundo mais ou menos civilizado, havia equipes, *scanners*, instrumentos de precisão. Ali não. Cirurgias que eram consideradas simples em qualquer outro lugar, ali eram vistas como milagrosas e complexas intervenções de vida ou morte, cara ou coroa. Nem mesmo havia tempo para analisar os prós e os contras. Por outro lado, ninguém entraria com um processo nem se queixaria. Nenhuma viúva, mãe ou irmã os acusaria de negligência ou de não terem feito o máximo.

Cada vida salva era um grito.

E por sorte, havia mais gritos do que lágrimas.

— Você deve estar esgotada — o homem voltou-se para ela com um olhar de afetuoso ânimo.

— Tenho dezenove anos.

— E daí? As pessoas com dezenove anos se cansam do mesmo jeito. Ou será que você está me chamando de velho?

— O senhor não é velho.

— Eu sei. Ainda falta — levantou as sobrancelhas com o peso da evidência. — Antes éramos velhos aos sessenta. Agora a velhice começa nos setenta e muitos, e ainda depende de como vai a saúde.

— O senhor parece de ferro.

— Está tudo aqui dentro — pôs a mão na testa.

— Está esquecendo isto — ela pôs a mão no peito, indicando o coração.

— Oh, vamos — fez um gesto diante dela, pondo cara de desagrado. — Esse é um órgão sobrevalorizado, tudo bem que na sua idade você ainda acredite nele.

— Sem essa — conseguiu fazê-la rir.

— Sou presidente do Clube de Fãs do Lado Esquerdo do Cérebro — proclamou cheio de orgulho.

— Achei que, nessa idade, fosse do Clube dos Corações Solitários[3] — provocou-o.

— Ah, meus Beatles! — o doutor sorriu melancólico. — Quando mataram Lennon acabaram com minha juventude. Depois, quando morreu Harrison...

De repente pareceu tão vulnerável... Forte, caráter exemplar, sem dúvida inteligente, capaz, maravilhoso, mas tão vulnerável.

Como eram todas as pessoas apaixonadas.

Não se atreveu a perguntar, embora tivesse vontade.

Por que um homem e uma mulher, sozinhos, em um fim de mundo, permaneciam em silêncio quando pelo menos um dos dois estava apaixonado pelo outro?

— Ande, vá dormir um pouco — sugeriu Lorenzo Giner.

— Estou bem.

— Vá, vá logo! Faça de conta que está se rendendo antes, para eu poder sair com minha dignidade e meu orgulho intactos.

Obedeceu. O caminho até o bangalô lhe pareceu comprido e íngreme. Pelo menos Leo não estava no meio do pátio fazendo seu *tai chi*.

....

3   Referência ao álbum dos Beatles chamado "Sgt. Pepper's Lonely Hearts Club Band", em tradução livre "Clube dos Corações Solitários do Sargento Pimenta".

Tinha dormido o dia inteiro.

Não a chamaram nem para comer. Depois de tantas urgências em vinte e quatro horas, a manhã tinha sido calma. O equilíbrio natural da vida. Despertou no meio da tarde, ajudou no que pôde no último turno, e, no final, o que precisava mesmo era dar um passeio.

Pela borda do lago.

Encontrou Viji inesperadamente. Não ia sozinha. Estava com ela uma menina, uma adolescente. As duas se pareciam como duas gotas de água, com a diferença que a menina era linda, sem deformação, um rosto angelical enfeitado por uns olhos enormes e um sorriso puro.

— Olá, Sílvia — cumprimentou manifestando prazer em vê-la e orgulho de apresentar: — Esta é minha irmã Narayan.

— Tudo bem, Narayan?

— Não fala nada de espanhol.

— Inglês?

— Tampouco.

— E você, como consegue falar tão bem meu idioma?

— Obrigada — disse, cheia de orgulho pelo elogio. — Doutora ensina desde pequena e aprendo bem. Eu trabalho aqui sempre, e depois ela me trata — pôs a mão na perna doente.

Narayan parecia admirada olhando-a. Especialmente o cabelo, o brilho da pele, as mãos, ainda cuidadas.

Cochichou no ouvido da irmã, e ela riu, colocando a mão na frente da boca, como se tivesse os piores dentes do mundo.

— Que foi que ela disse? — quis saber Sílvia.

— Pergunta onde está marido.

— Marido? Não tenho marido! — escandalizou-se.

Traduziu isto para Narayan, que se mostrou incrédula. Voltou a sussurrar algo, e Viji repetiu a gargalhada.

— Diz que você é muito velha para não ter marido, pergunta se ninguém te quer.

— Tenho dezenove anos! — ela riu também.

— Narayan treze, mas se casa logo.

— Vai se casar?

— Logo, sim.

— Como...? — parou quase a tempo. Quase.

— Família arrumou bom casamento, sim.

Não era preciso perguntar muito mais. Pela lógica, o acerto era alheio a Narayan. Veria o marido, o homem com quem deveria passar o resto de sua vida, no dia do casamento. E nessa noite deixaria de ser uma menina para tornar-se, de repente, mulher.

Bendita Índia.

Pensou no problema das esposas queimadas. Os pais da noiva ofereciam um generoso dote. Depois do casamento, ela ia morar na casa dele, com toda a família do marido e, em geral, se tornava praticamente uma escrava da sogra. Chibatadas e sovas, para "educá-las", estavam na ordem do dia. Muitas jovens esposas sofriam "acidentes" domésticos, morriam queimadas, e então o viúvo podia se casar de novo e receber outro generoso dote dos pais de sua segunda esposa. Durante anos, apesar da vigilância policial e da severidade da lei, dezenas de mulheres morriam dessa maneira na Índia, impunemente.

No Ocidente, Narayan estaria na escola, os garotos suspirariam por ela, se apaixonaria...

"Não julgue com olhos ocidentais", tinham lhe dito.

Mas como julgar diferente?

Saberia Narayan alguma coisa do amor?

E ela, sabia?

Amava Arthur?

— Está com problema? — Viji estranhou sua seriedade.

— Não, desculpe, fiquei absorta.

— A...sorta?

— Com a cabeça longe — tentou explicar.

Viji abriu o único olho.

— Cabeça longe e corpo aqui, vai manicômio — preocupou-se.

— Não irei para o manicômio, fique tranquila. Teriam que mandar para o manicômio metade da Espanha, talvez metade do mundo.

Sabia que às vezes o que falava não era compreensível para eles, por isso ficou quieta. Sentaram-se no solo, de frente para o lago. Do outro lado das águas brilhava já a constante luz da casa misteriosa, como um farol na noite.

— Quem mora ali? — perguntou num rompante.

Viji pronunciou pela primeira vez aquele nome:

— Mahendra.

○○◯○○

Tinha lido Hermann Hesse quando criança. Sempre gostara dos nomes indianos, mas, desde que se aprofundou em *Sidarta*[4], aos seus ouvidos pareciam música. Nos lábios de Viji, aquele nome adquiriu ressonâncias sinfônicas.

— Mahendra?

— É rico — falou como se fosse a definição perfeita e nada mais houvesse a acrescentar.

— Ah, é?

— Tudo isto é dele — estendeu o braço como se abarcasse o lago e as terras em que estava o hospital.

— Tudo?

— Sim. E mais.

— Quem é Mahendra?

— Homem casta superior — disse respeitosa. — Nunca sai palácio desde tragédia.

Precisava arrancar tudo dela, palavra por palavra.

— Que tragédia? — insistiu.

— Mahendra casa com bela princesa Pushpa. Mui-

---

4 Livro inspirado na vida de Sidarta Gautama, o Buda, escrito por Hermman Hesse depois de ter feito uma viagem à Índia em 1911.

tos anos atrás. Eles têm vida feliz. Três filhos, dois meninos, uma menina. Em palácio — olhou as luzes do outro lado do lago — grande felicidade, sempre música e festas. Até dia de tragédia, faz cinco anos.

— Que aconteceu?
— Morrem Pushpa e três filhos.
— Deus — engoliu saliva.
— Desde acidente, Mahendra não sai casa. Vive encerrado. Não necessita trabalhar, não trabalha — justificou com toda naturalidade. — É pessoa muito inteligente, muito culta. Estudou em Inglaterra e Estados Unidos. Mas não toma segunda esposa — acrescentou esta última informação como se não conseguisse entender.
— Que idade tem?

Fez a pergunta, mais uma vez, de sua perspectiva ocidental. Achava que Viji falava de um homem maduro, de quarenta ou cinquenta anos.

— Trinta anos.

Mahendra tinha perdido tudo aos vinte e cinco anos, uma vida inteira.

Sentiu uma estranha angústia. Aquelas terras, o lago, até o ar que respiravam, de repente faziam parte da alma atormentada do outro lado das águas.

Aquela luz...

Como se Viji lesse seu pensamento, disse:

— Luz é santuário em honra de Pushpa e seus filhos. Narayan voltou a dizer algo ao ouvido de sua irmã, como se Sílvia pudesse entender sua língua. As duas riram com ostensiva felicidade, olhando para ela, brincalhonas.

— Que é, pode-se saber? — franziu a testa.

— Nada, só brincadeira.

— Conta para mim.

Viji soltou uma nova gargalhada.

— Me conta — apontou para ela o dedo ameaçador.

— Narayan pergunta se é teu peito — conseguiu dizer fazendo um esforço para segurar o riso.

— Claro que é meu peito! — olhou para os próprios seios, inclinando a cabeça.

— Em Ocidente todas mulheres operadas grandes peitos! — Viji inflou as bochechas e pôs os dois braços abertos diante do corpo, como se rodeasse seios enormes.

— Isso não é verdade!

Também começou a rir, acompanhando as duas. Nem mesmo se pôs contra a maldita propaganda, lenda ou o que fosse aquilo. Tampouco reagiu quando Narayan estendeu a mão, com inocência, e lhe pressionou o peito, para confirmar o que dizia.

Suas risadas se ampliavam no silêncio da noite como uma brisa suave.

Tinha que enfrentar seus fantasmas, e o primeiro a fazer era falar com Arthur, embora não quisesse ligar para ele. Não estava preparada para tanto.

A tensa frieza do adeus...

No entanto, devia isso a ele. Pelo menos dar alguma

explicação, a viagem, suas primeiras impressões, o trabalho, a maneira como queria levar a vida, o presente, o futuro, suas esperanças. Escrever uma carta era muito diferente de falar de viva voz. Por carta os sentimentos sempre fluíam mais livres, sem interrupções, sem olhares para interferir na sequência dos sentimentos. Por carta o monólogo era interior. Tinha certeza de que, se todos os casais, se qualquer pessoa apaixonada, pudesse comunicar-se pelo menos uma vez por carta com a outra pessoa, as relações seriam mais fáceis e muito mais intensas. Uma carta exigia absoluta sinceridade.

Claro que nunca tinha escrito uma carta de amor.

E era o que menos queria fazer, escrever uma carta de amor. Mordeu o lábio inferior. Se se comunicasse pelo correio eletrônico do RHT, Arthur lhe responderia, e isso criaria uma dependência. Mas se mandasse a carta pelo correio talvez demorasse muito.

Na dúvida, começou a escrever.

Podia dizer a ele que o correio eletrônico do RHT era para emergências e urgências, e que não podia utilizar de forma habitual, nem receber mensagens particulares, porque, além disso, seriam lidas por outras pessoas...

Sua mão segurou a esferográfica e começou a deixar um rasto harmonioso sobre a folha de papel...

"Querido Arthur, finalmente posso escrever umas linhas para contar como as coisas estão caminhando até agora neste recanto maravilhoso do mundo, em que a vida ganha uma nova dimensão..."

Queria contar da viagem, da chegada, da doutora Roca e do doutor Giner, do hospital, de seus primeiros dias como voluntária, mas, de imediato, seu coração bateu muito forte. Sem saber exatamente por quê.

— Por Deus, você o ama, e ele ama você, apesar das diferenças... — suspirou.

Tentou de outro jeito. Pondo em ordem o que queria contar. Escreveu algumas frases em outra folha de papel:

"Você me machucou muito, muito mesmo, quando me chamou de Miss ONG. Sabia como me ferir e não evitou. Compreendo que estivesse com raiva, que estava sentido porque eu ficaria fora todo o verão em vez de fazermos planos e passarmos juntos, mas não aceito que você não tenha feito o mínimo esforço para me entender, ver as coisas da minha perspectiva e senti-las como eu sinto. Nunca fui como as outras. Nem quero ser. Não me interessa.

Para sermos felizes como casal, precisamos primeiro crescer individualmente, que é o que estou tentando fazer, saber quem sou, qual é o meu caminho. Tínhamos algo em comum, e acho que ainda temos. Mas talvez essa separação nos faça bem, pode ser uma oportunidade para refletir, não a respeito dos nossos sentimentos, mas a respeito de quem somos e do que queremos. Sei que não avisei você com antecedência, não disse nada. Reconheço minha culpa nisso. Mas também sei que você não teria me dado opção, e eu precisava ir embora, sair de casa, do meu ambiente, que às vezes me sufoca e oprime. Precisava disso para encontrar-me comigo mesma, limpar-me, ver a cor dos meus sonhos. Você duvida do meu amor? O que dizem os meus olhos quando nos olhamos? E os meus lábios quando te beijam?"

Ficou olhando esta última frase um momento. Não sabia se riscava ou não. Nem se devia continuar ou rasgar a folha, inteira.

E, apesar de tudo, sem saber se ia mandar a carta ou copiar o texto e enviar por *e-mail*, continuou escrevendo, como terapia, para aliviar-se e falar consigo mesma.

CAPÍTULO CINCO

O melhor daqueles primeiros dias era a plena confiança que nascera entre ela e Elisabet Roca. Mais do que uma relação de trabalho, entre elas nascia um profundo afeto como se fossem mãe e filha. A mãe de que Sílvia necessitava estando tão longe de casa, e a filha que a doutora nunca chegara a ter. Os sentimentos também eram comuns, a medicina, a entrega em favor dos mais necessitados, o amor pela vida no meio do campo de batalha contra a morte que representava o hospital.

Tinham chegado três outros voluntários, uma dinamarquesa e dois alemães. Mas a relação ainda era mínima, ainda mais porque os dois alemães eram um casal e só saíam nas horas de trabalho. Nos almoços sempre rápidos, ou nos jantares, muito mais agradáveis, as duas se encontravam e conversavam todo o tempo, tanto dos problemas cotidianos como do mundo fora do espaço comum. A Espanha era um sonho distante.

Às vezes Lorenzo Giner juntava-se a elas e então... Não era o caso dessa noite.

— Enquanto podemos, quero ensinar a você algumas coisas mais do que isso.

— Eu gostaria.

— Pense que cada área operacional engloba uns trinta ou quarenta povoados, que temos trabalhadores sociais para o programa da educação, da mulher, dos deficientes, para o das bacias hidrográficas, ecologia, moradia... É muita gente envolvida.

— Vi o organograma antes de vir para cá, a divisão por regiões, situação dos hospitais, serviços de apoio e tudo o mais.

— Quando você voltar para casa, poderá ser uma representante para conseguir mais coisas, desde dinheiro até voluntários, passando por matérias-primas ou ampliação da consciência a respeito do que estamos fazendo aqui. Goste você ou não, seu círculo de amizades é importante.

— Nenhum problema. Eu entendo.

— Seria ótimo se alguns médicos passassem por aqui. E seria bom para eles também.

Sílvia pensou em seu pai e sua mãe.

O maravilhoso Rosendo Prats que cobrava milhares de euros para esticar a pele das octogenárias que não queriam envelhecer.

— Posso perguntar uma coisa à senhora?

— Você não acha que já é hora de me tratar com menos formalidade?

— Não sei — ficou meio nervosa.

— Diga.

— Tudo bem, obrigada.

— Qual era a pergunta?

— Que acha do doutor Giner? — enfim criou coragem.

— É um grande homem.

— Como pessoa.

— É um grande homem — repetiu a mulher.

Sílvia segurou a respiração e foi com tudo.

— Sabe que ele está apaixonado por você?

— Claro — Elisabet Roca levantou as sobrancelhas.

— Ah, é?

— Você acha que uma mulher não percebe essas coisas?

— Eu achava...

— Há algum tempo ele me pediu em casamento.

— Sério? — não podia acreditar.

— Estamos os dois aqui praticamente sozinhos.

— Nisso mesmo eu estava pensando — disse Sílvia.

— E por que lhe disse que não?

— Não lhe disse que não, nem que sim.

— Não precisam um do outro?

— Precisar de alguém é uma coisa, amar é outra. Ainda estou nisso, assim que... Lembra-se do que falei que aqui a palavra pressa tinha outro significado? Pois bem: não há pressa, apesar de que aos seus insultantes dezenove anos pareça que os meus cinquenta são um passaporte direto para o túmulo.

— Não foi minha intenção...

— Fique tranquila — pôs a mão no braço dela. — Seu romantismo é perfeito, e acho bom que você tenha me perguntado, ainda que seja apenas para remexer na minha consciência. Às vezes me esqueço de mim mesma, sabe?

O contato foi mais afetuoso. Piscou um olho para ela e isso foi tudo.

Elisabet Roca se levantou e Sílvia teve que parar de falar no assunto.

Viji e Narayan eram agora suas sombras inseparáveis. Esperavam por ela, simulavam encontros ao
acaso, a seguiam ou se punham ao seu lado para conversar, de qualquer coisa, da Índia ou da Espanha, da
iminente boda de Narayan ou do que Sílvia andava
fazendo. Às vezes as perguntas eram picantes, carregadas de duplo sentido, por isso era preciso tomar cuidado com as respostas. Viji ria sempre. Era a felicidade
plena cavalgando a inocência da simplicidade. Narayan
era também curiosa. Sua situação de noiva e também
de futura esposa lhe dava um diferencial em relação
à irmã mais velha. Viji gostava dela, mas em certos
momentos esvoaçava sobre ela a sombra da inveja mais
humana. Uma tarde em que Narayan se pôs a dançar
para mostrar seus dotes, Sílvia viu aquela profunda
tristeza e uma mancha de amargura no único olho,
e no semblante de Viji. A dança que ela nunca faria
devido ao problema na perna. O marido que ela nunca
teria por causa do defeito no rosto, a não ser que aceitasse qualquer coisa, um ancião, um viúvo, alguém
para quem ela fosse conveniente.

Um acerto.

Mas, tirando os doentes de que tratava e aos quais
atendia e Elisabet Roca, era com elas que Sílvia mais
aprendia.

Naquela tarde, o trabalho tinha terminado antes,
depois de um dia mais calmo do que o normal, e o pôr

do sol, as luzes, a beleza da natureza compunham um embriagador conjunto. Irresistível. Quando Viji e Narayan apareceram como sombras ao seu lado, dividiu com elas sua solidão.

— Não há um bote por aqui?

— Não — disse Viji.

— Mas se há um lago, tem que haver botes.

— Ele não deixa.

— Quem?

— Mahendra.

— Por que ele não deixa navegar no lago?

— Pushpa e seus filhos se afogaram nele.

— Oh, Deus! — olhou para o lago, apreensiva.

— Cadáveres crianças apareceram. Pushpa nunca.

A apreensão virou pesadelo.

O lago era alguma coisa mais do que um túmulo e um sudário.

— Mahendra ficou louco, e muitos homens passaram dias e noites procurando Pushpa — explicou Viji. — Não encontraram. Mahendra quase mandou secar lago, mas nem ele pôde chegar a tanto e lago continuou aqui.

Narayan falou alguma coisa com sua irmã. Estava especialmente bonita, com um sári vermelho e verde, brilhante, e um colarzinho dourado ao redor do tornozelo esquerdo. As duas estavam descalças.

— Disse que vamos palácio.

— À casa de Mahendra? — estranhou Sílvia.

— Não problema, e é bonita. Mahendra fica só em parte de trás. Há um criado, mas ele deixa súditos venham apresentar respeito. Jardim muito bonito.

Estava morta de curiosidade. Um palácio. O mistério de seu personagem. Nem mesmo tinha tocado no assunto com Elisabet Roca. Sentia-se como se estivesse transgredindo um passado envolto em uma tragédia obscura.

— Não fica longe, não é mesmo? — procurou a silhueta da mansão entre as árvores da margem oposta.

— Não, muito perto. Vamos.

Puseram-se uma de cada lado, pegaram suas mãos e a puxaram.

Tinha outra ideia do que podia ser um palácio, influenciada, sem dúvida, pelos contos infantis ou pelos filmes de Walt Disney. Mas para Viji e Narayan era um palácio. A casa era enorme, grande e impressionante, e mostrava sua estética hindu, e também o desleixo em que se encontrava, como se o tempo tivesse começado a trançar a pátina de sua idade por cima dos muros gastos e desbotados. E não apenas a casa. O jardim também era uma selva. Ninguém, há muitos anos, se preocupava em cortar e podar as plantas, arrancar o mato ou cuidar dos canteiros de flores. Logo nos dois lados da entrada, com o portão completamente aberto, viu dois tanques cobertos de nenúfares. As primeiras rãs anunciavam com seu coaxar a chegada do anoitecer. Uma fonte central mostrava sua secura, com a pedra rachada, como se uma erosão implacável a estivesse diminuindo. Ali, em outro tempo mais glorioso, talvez tivesse vivido algum dos velhos *maharishis* da Índia eterna, povoada de tantas lendas antes que Ghandi tivesse conseguido o milagre da independência em 1947, rompendo com tantos anos de submissão e escravidão britânica.

— Gosta?

— Muito — reconheceu Sílvia.

— Vem — puxou-a de novo.

O embarcadouro ficava à direita. Nenhum barco ou bote. As águas do lago, eternamente quieto, como se quisessem preservar o corpo da mulher que jazia no fundo, formavam um espelho de prata. Não apenas o tempo tinha parado. A vida também parecia suspensa no espaço, capturada entre dois segundos eternos. O silêncio era muito mais impressionante do que qualquer outro já ouvido por ela.

Porque o silêncio podia ser ouvido.

Com o coração.

— Você diz que vem gente aqui?

— Está vendo as portas abertas? Trazem flores, acendem velas. Pushpa era muito querida. Uma vez ano, lago cheio de flores e luzes em sua honra.

— Aonde vamos?

Rodeavam a casa pela direita. As janelas estavam fechadas. A que tinha a luz sempre acesa ficava no segundo andar. Sílvia levantou a cabeça, mas não conseguiu ver nada. No final do muro percebeu por que Viji quis mostrar-lhe aquilo. Na parte de trás, que na realidade era a principal e a mais bonita, se abria uma enorme extensão de jardim, do tamanho da metade de um campo de futebol. Imaginá-lo com a grama cortada, cheio de pessoas em uma festa ou com uma grande mesa posta foi simples. A grandiosidade era ainda mais forte na fachada do palácio, com quatro grandes colunas, a porta e as janelas trabalhadas no detalhe, esculturas de leões e elefantes, sempre com a tromba para cima, como mandavam as normas.

— Devemos ir — um ataque de bom senso tomou conta dela.

Uma vez tinha lido que, na guerra, havia duas palavras que definiam as derrotas: "tarde demais".

Soube que o era para ela quando escutou aquela voz em inglês.

— Que estão fazendo aqui?

Podia ter corrido, seguindo as espavoridas Viji e Narayan. Mas, ao contrário delas, nem era uma menina nem tinha por que esconder-se, não assumir. Passar vergonha, sim. Mas esconder-se, não. O sobressalto a deixou sem fala um ou dois segundos, o tempo de voltar a cabeça e encontrar-se com ele.

Não podia ser o criado, mas o próprio Mahendra.

— Sinto muito, eu...

Tinha estatura mediana, indiano, cabelo negro e brilhante, olhos vivos e ornamentados com aquela ponta de intensidade que os fazia parecer úmidos ou avermelhados, lábios grossos, tez escura. Se ela pensava que os príncipes ou os endinheirados vestiam-se de acordo com os costumes do país, tinha se enganado. O dono da casa usava calças de cor bege, tão bem passadas como se tivesse acabado de vesti-las, uma camisa marrom por fora das calças e impecáveis sapatos brancos.

Sílvia não estava de uniforme. Estava vestida com a roupa cômoda de sempre, *jeans* e camiseta. De jeito nenhum parecia turista. Mahendra não teve que perguntar de onde ela vinha.

Mas quem era.

— Fala inglês?

— Sim.

— Como é seu nome?

— Sílvia.

— Sílvia — ele repetiu.

— Não era minha intenção...

— Viji e Narayan Lakthi são boas moças, mas inconvenientes, pela idade — sorriu com certa melancolia. — De que país você é?

— Espanha.

— Não falo bem o espanhol — disse em castelhano antes de voltar a falar em inglês. — E a doutora Roca não tem tempo de ensinar-me. De que parte do país você vem?

— Barcelona.

— Jogos Olímpicos — sorriu um pouco e mostrou a perfeição de seus dentes brancos —, eu era muito criança.

Não soube mais o que fazer ou dizer. Ficou quieta, sem ação, enquanto ele a observava com atenção minuciosa, do alto da escada de três degraus. Ficou ainda mais envergonhada.

— Me desculpe — repetiu. — Estou indo embora.

— Não, espere — deteve-a antes que pudesse dar um passo. — Venha.

Não entendeu a proposta.

— Suba — convidou Mahendra.

Não parecia um homem acostumado a ser desobedecido. De qualquer forma, podia ser a ordem, o gesto com a mão, talvez o sorriso renovado ou o convite mais explícito, de seus olhos.

Sentiu-se capturada.

— Não queria incomodar.

— E eu não quero ser mau anfitrião. Convidada ou não, você está aqui. Uma limonada gelada?

A palavra limonada a fez sentir uma súbita sede.

Quanto tempo fazia que não tomava uma limonada?

— Posso voltar outro dia — voltou a resistir.

— Outro dia é muito tempo — falava um inglês refinado, britânico, talvez aprendido em Oxford ou Cambridge. — Não seja tola, Sílvia de Barcelona, Espanha. Terminou o dia de trabalho. E é hora do jantar, não é?

Subiu os três degraus. Ele a esperava no alto. Quando parou diante dele, Mahendra juntou as mãos e inclinou a cabeça. Sílvia fez o mesmo. Os dois pronunciaram a expressão ritual: *Namaste*. De perto, era ainda mais singular. Sua força atrativa era especial, doce, e seu semblante transmitia paz, um relaxamento absoluto. Ela era um pouco mais alta do que ele, um ou dois centímetros, talvez.

— Bem-vinda a Pashbar — convidou-a a cruzar o umbral da porta da casa.

○ ○ ◯ ○ ○

Caminharam para o passado, porque, sem dúvida, o interior do palácio pertencia ao passado, não ao presente, e muito menos ao futuro. Quase não tinha móveis e seus passos ressoaram pelas salas vazias como se arrancassem velhos ecos adormecidos das paredes. Com as janelas fechadas, a sensação de esquecimento era muito mais forte. A penumbra dava a cada sombra uma dimensão própria. Apesar de tudo isso, ali não havia dor, apenas saudade. Bastava imaginar o esplendor do passado para recuperar a vida que ali houvera.

Continuaram a andar até chegar a um ambiente diferente do resto, uma biblioteca ou sala de leitura. Ali havia duas poltronas e uma mesa, e três de suas quatro paredes estavam repletas de livros. Na quarta dominava uma janela aberta, e o ar circulava livremente.

— Espere aqui, Sílvia — mandou-a entrar. — Vou buscar a limonada.

— Obrigada.

— Creio que você sabe o meu nome.

— Sim, senhor Mahendra.

Sorriu achando engraçado, e seus olhos brilharam de clara alegria.

— Senhor?

— Mahendra.

— Assim está melhor. Muito melhor. Muito bem.

Ficou só e se tranquilizou. Era uma intrusa, estava louca, entrava em mansões atrás de adolescentes indianas ainda mais loucas do que ela, mas o dono da casa não parecia nem um viúvo angustiado nem um homem feroz disposto a preservar sua intimidade com o máximo de zelo.

Sentia aquela curiosidade...

A fascinação de qualquer ocidental frente aos mistérios do Oriente.

Olhou os livros. Não eram velhos, herdados de um ou dois séculos. Havia ali algumas das melhores obras da história, passada e presente. Stendhal, Faulkner, Steinbeck, Tagore, Kafka, Tolstoi ou Hemingway ao lado de Toni Morrison, Paul Auster, García Marquez ou Pablo Neruda. Pegou o *Canto Geral*, de Neruda, e o abriu. Era uma edição em inglês. A primeira surpresa foi ver o autógrafo do próprio poeta na primeira página.

— É um dos meus favoritos — escutou a voz de seu anfitrião.

— Mas em espanhol é muito melhor — respondeu ela. — Você devia aprender, mesmo que fosse só para ler isto.

Repôs o livro em seu lugar. Sobre a mesa esperavam uma jarra de limonada e dois copos. Mahendra encheu os copos e entregou um a ela. Aguardou o brinde.

— Bem-vinda.

— Obrigada.

Tomaram um gole. Estava fria, gelada, mas, acima de tudo, era ótima. A melhor limonada que tomara em muito tempo. Bebeu mais um gole e um terceiro. O líquido desceu por seu corpo animando-o. Sentiu os olhos de Mahendra fixos nela, sem dissimulação.

— Posso fazer uma pergunta, como compensação pela invasão de moradia? — brincou.

— Claro que sim — riu também, com timidez.

— Que te contaram de mim?

— Pois...

— A verdade — apontou o dedo para ela. — Você não teria vindo ver Pashbar se não estivesse curiosa.

— Me disseram que você vive sozinho, com um criado, que as terras do hospital pertencem a você, que você vive recluso há anos, sem quase sair...

— É verdade — admitiu.

— Não fica aborrecido?

— Tenho negócios, mas dirijo-os daqui — apontou com o dedo o andar de cima. — Estamos na era da internet e do correio eletrônico.

— Claro — terminou a limonada com dois grandes goles.

— Você é enfermeira?

— Estudo medicina.

— Voluntária?

— Sim.

— Também falaram de Pushpa e dos meus filhos?

— Sim — sentiu-se outra vez como intrusa.

— Venha, Sílvia de Barcelona, Espanha.

Deixou o copo sobre a mesa e tomou-a pelo braço, apenas para guiá-la para fora da sala. Depois foi na sua frente, por outra enorme sala, até o que devia ser a entrada pelo lado da cerca externa. Ali começava uma escada dupla, que conduzia ao andar de cima. Sílvia não fez perguntas, apenas seguiu-o. Uma vez em cima, viu um corredor com meia dúzia de portas de cada lado. Mahendra entrou pela primeira, à esquerda.

Outra grande sala.

E nela, vazia, exceto por uma poltrona no centro, quatro retratos, três eram dos filhos e da filha do dono da casa.

E o quarto...

— Pushpa — limitou-se a dizer Mahendra.

Sílvia abriu a boca, a mente e a alma.

Não só por causa da beleza, do encanto, do que o pintor tinha captado com tanta força que o retrato parecia real, de carne e osso.

Era muito mais.

Porque ali, tirando as distâncias, estava ela mesma.

Uma semelhança tão assombrosa que tirava o fôlego.

— Foi feito quando ela tinha dezenove anos — disse Mahendra.

A mesma idade dela.

Queria tanto falar com ela que mal pôde esperar o momento propício.

— Estive em Pashbar.

Elizabet Roca olhou-a surpresa.

— Quer dizer...?

— Foi imprevisto, mas sim, com ele.

— Ora essa.

— É tudo o que você tem para dizer? Por que você não me falou de Mahendra? — não conteve a exaltação.

— Nem pensei nisso.

— Estamos em suas terras, tudo aqui vem da generosidade dele! — indicou o hospital.

— Do seu finado pai.

— As terras continuam a ser dele!

— Parece que você ficou impressionada — mediu-a com o canto dos olhos.

— Deus, é...! — não achou palavras. — Esse homem perdeu a mulher e os filhos, vive ali, fechado, é inteligente, encantador...

— Fascinante — pôs a expressão adequada.

— É, fascinante! Sabia que sou parecida com a mulher dele? Tão parecida que deixa os cabelos em pé?

— Não, isso eu não sabia.

— Eu não podia acreditar. Estava ali, na frente do retrato, enquanto ele falava da meiguice dela, de como era maravilhosa, de como tinham sido felizes... E fazia isso com naturalidade, com a ternura de quem viveu o verdadeiro amor.

Elisabet Roca não disse nada. Deixou-se cair em uma cadeira, como se intuísse que aquilo ia longe.

— Desculpe — Sílvia recuperou-se um pouco. — Pensei que isso fosse história de filme.

— Não é uma história de filme — disse a doutora. — Mahendra Pravash é um homem singular, por sua linhagem, sua cultura, por ter-se casado com uma autêntica princesa indiana, por sua tragédia...

— É verdade que é rico?

— Não muito. Ter terras ou viver nesse casarão não equivale a ser rico, pelo menos como o imaginaríamos na Espanha, cheio dos milhões. Digamos que a família dele está em decadência. Mas não é pobre. O bom é que ele faz muito pelas pessoas, ajuda realmente. Sua educação ocidental o fez ver os problemas de seu país do lado de fora. Mas, por causa da morte da sua mulher e de seus filhos, ele se fechou em Pashbar e tirou a chave da porta, do mundo inteiro. Adorava a esposa e os filhos. É difícil entender como não ficou louco quando perdeu os quatro de uma vez. Em cinco anos falei com ele só duas vezes. E antes...

— A casa devia ser cheia de vida, não é?

— Era mais do que vida, minha linda. Era pura luz.

— Pediu-me que vá vê-lo — apertou os lábios, assaltada pelas dúvidas. — Acha que devo?

— Por que não?

— Sou parecida com a mulher dele!

— Você acha que vai viver uma novela romântica?

Era uma estupidez. Mahendra tinha sido encantador, só isso. Para ele também devia ser uma novela. Uma mulher jovem e bonita com quem falar. Uma companhia inesperada. A primeira em cinco anos.

— É que foi tudo tão...

— Fascinante, lembra?— recuperou sua primeira expressão. — As mil caras da Índia.

— Parece que você acha isso uma brincadeira.

— Não, em absoluto — disse com paciente serenidade. — Mas só de olhar para você dá para saber que alguma coisa balançou suas entranhas. E, com a idade que tenho, a natureza humana continua me surpreendendo. Mahendra, o que ele representa, seu grande amor, sua história... Um coquetel explosivo, capaz de despertar a sua imaginação e mais ainda: sua curiosidade. A única coisa ruim seria você se envolver demais, porque você é daquelas que se jogam na piscina sem olhar se tem água, querida.

— Não é bem assim.

— Então... — Elisabet Roca se levantou. — Em todo caso, tenha cuidado — dirigiu-lhe um olhar final, carregado de dúvidas. — Não tente penetrar na mente dele, você não vai conseguir. É só o que posso dizer.

— Por quê?

Já estava andando. Nem virou a cabeça para responder:

— Não se consegue entender dez mil anos de tradição e história em dez semanas, meu bem.

A menina tinha dado entrada na tarde anterior, mas ela a estava vendo pela primeira vez. Era miúda, sete ou oito anos, talvez nove, e muito bonita, carinha de boneca, lábios delicados, cabelo encaracolado. Quando parou ao lado dela, os olhos da paciente se abriram, enormes. Sílvia pensou que seria a primeira branca que ela conhecia, além da doutora Roca. Ou talvez tivesse ficado surpresa com seu cabelo, a cor dos seus olhos...

— Olá — sorriu para ela.

Não entendia o que ela falava, mas ficou quieta quando a pequena levantou a frágil mãozinha e acariciou o seu rosto, como se quisesse comprovar que era de verdade.

— Como é seu nome? — retribuiu a carícia.

— Sahira — escutou uma voz vinda de trás.

Virou a cabeça e ali estava Leo.

Não encontrou o que dizer. Expressões como "Quase não vejo você" ou "Como vai?" pareceram fora de hora. Ele não olhava para ela, mas para a menina. Seu rosto tinha aquela estranha seriedade marcada pela amargura.

A pequena sorria para ele.

Leo falou algo na língua dela. A menina sorriu ainda mais. Seus olhos passaram dele para Sílvia. Sussurrou outra palavra incompreensível e o oftalmologista concordou.

— Que disse?

— Que você é muito bonita.

— Ela também.

Leo a olhou fixamente. Sentiu-se atravessada de um lado ao outro.

— Vai morrer — falou.

Esperava qualquer coisa. Não aquilo. Considerou como um disparo em sua consciência, querendo feri--la. Não era uma informação, não da maneira como ele tinha falado. Era como se a culpasse de algo, inclusive daquela tragédia.

— Escute...

— Não posso — saiu de perto. — Tenho trabalho. Mas fique com ela um pouco. Parece que ela gosta de você.

A raiva tomou conta dela, como uma nuvem compacta em sua mente. Desfez-se no momento em que Sahira pegou outra vez na mão dela.

CAPÍTULO SEIS

Como todas as manhãs, Leo era pontual nos exercícios, flexível e belo como uma figura de marfim animada. Toda a antipatia que sentia em resposta ao comportamento dele desaparecia em momentos como aquele. A beleza plástica da cena era única. Além disso, ela não gostava de aborrecer alguém por questões pessoais, sem outros motivos. Alguma coisa no fundo dos olhos de Leo revelava uma grande dor, uma raiva contida que, sem saber por que, ela trazia à tona.

Estava farta daquela pedra no sapato de sua nova vida.

Primeiro fez como de costume: saiu, sem fazer barulho, para não interromper seus exercícios, foi ao banheiro e completou sua higiene pessoal de cada manhã. Depois voltou ao bangalô e se vestiu. Leo continuava lá, de costas. Não queria discutir com ele em inferioridade de condições, e sua roupa de dormir, afinal, embora a cobrisse, era só um pijama. Quando esteve em condições, tornou a ir para fora e sentou-se no degrau de cima, esperando que ele terminasse a tabela de *tai chi*, ou que diabo de nome tinham os exercícios naquela disciplina chinesa.

Em uma das posições, Leo a viu.

Isso o desconcentrou totalmente. Parou.

— Continue, posso pagar a entrada — ela disse.

Leo cruzou os braços, como teria feito qualquer

garota insegura para dissimular os seios.

— Há quanto você está aí?

— O tempo suficiente para saber de uma vez que você é um cara legal que finge ser um chato, e faz isso conscientemente.

— Então você é psicóloga.

— Não, e com você nem faz falta. Você é transparente, sabia?

Quis dar meia volta. Sílvia o deteve.

— Estou falando com você.

— Tenho trabalho.

— Venha aqui — ordenou.

— Quê?

— Não se deixa uma garota falando sozinha. Se você quer discutir, discuta. Se quer briga, vamos brigar. Mas não vá dando o fora como você faz sempre depois de soltar sapos e cobras pela boca.

— Escute, escute...

— Não, escute você — Sílvia levantou-se para ficar da altura dele. — Você não vai com a minha cara? Perfeito. Nada de mais. Mas você não me deu escolha, nem um pouquinho assim — juntou o polegar ao dedo indicador da mão direita. — Logo de cara você me catalogou, me pôs uma etiqueta e adeus. Nem sequer se incomodou em verificar quem eu sou, o que faço aqui, por que vim fazer a mesma coisa que você: cooperar. Não sei que tipo de médico você é ou será, mas, inclusive, precisa saber que isso não é justo.

— Você se acha tão importante? — o suor começava

a escorrer pelo corpo dele, fazendo sulcos. — Você pensa que é o centro do universo e que o mundo inteiro vai querer fazer um roteiro de filme com você assim que te vê?

— Você fez.

— Não é verdade.

— Você sabe que sim. Filha de médicos famosos, garota rica, caprichosa, que, em vez de ir de férias a Bali, vem para a Índia para ter "novas experiências" — pôs as duas últimas palavras entre aspas com dois dedos de cada mão. — Ao contrário de você, garoto pobre, com problemas, engajado, dedicado, sofredor... O resumo é claro: você é maravilhoso, e eu sou uma merda. Falta alguma coisa?

Desabafou de forma inesperada. Tudo o que a incomodava. Surpreendeu-se consigo mesma. Jamais teria feito coisa parecida em Barcelona. Se alguém a ignorava, ela agia da mesma forma, e ponto final. Mas ali, isso a incomodava. Necessitava...

Essa palavra "necessitar" calou fundo em seu ânimo.

— Você não sabe nada de mim — Leo estava furioso.

— Nem você de mim — manteve suas armas a postos. — Isso é que é injusto. Eu não ia me importar se não estivéssemos aqui, sozinhos, perdidos, e talvez seja mais do que um luxo depreciar-nos por nada.

Por um instante achou que ele ia explodir, que manteria a discussão, que estouraria de uma vez e soltaria tudo o que tinha guardado dentro e que lhe comprimia o estômago. Foi uma ilusão. Estava disposta a limpar o chão que pisavam.

Leo não.

Ainda não.

Apertou os punhos, recolheu a toalha caída, sem enxugar o suor, lançou para ela um último olhar e se mandou.

Sílvia não o deteve mais.

Era a primeira vez que seu olhar não transbordava antipatia. Pelo contrário, transmitia sentimentos muito mais íntimos e profundos pela rachadura de sua couraça.

Sentimentos como insegurança, desconcerto... medo.

Havia flores na entrada, recentes, belas. Quase pegou uma para pôr no cabelo. Achou melhor não estragar a harmonia da oferenda e cruzou o jardim entre os tanques cheios de nenúfares. A sensação só de estar ali, dentro dos muros do palácio, já era diferente, como se a grade, por mais que estivesse aberta, fosse uma fronteira. A paz tomava forma no ar, criava figuras invisíveis, cheias de harmonia. Sentia como se seus pensamentos pudessem adquirir forma.

Venceu a irresistível tentação de ir até o embarcadouro. Teria sido como pisar no túmulo de Pushpa. Depois que soube que no fundo do lago repousava a princesa morta, olhava para ele com outros olhos. Inclusive compreendia sua quietude, a placidez de suas águas sempre imóveis. Além disso, ele podia vê-la das janelas de cima.

Subiu a escada e entrou na casa. Nenhum ruído. O silêncio era total. Não soube o que fazer, se chamar, esperando ser ouvida, ou caminhar até ser vista. Uma e outra forma de aparecer lhe pareceram inadequadas, por mais que Mahendra tivesse falado que seria sempre bem recebida.

Só pensava nele, por isso se assustou quando viu aparecer um homem à sua direita. Estava descalço, por isso não escutou seus passos, e se vestia com antiquada elegância indiana, saia branca, camisa verde-escura muito brilhante e turbante com enfeite prateado. Seu bigode era o mais frondoso e cuidado que já tinha visto, arredondado em cima e com as pontas para o alto, e o cabelo descia pelos dois lados com extrema elegância.

— Senhorita Sílvia — falou em inglês, indicando que sabia quem ela era, enquanto se inclinava ligeiramente.

— Eu...

— Mahendra me disse que a senhorita é sempre bem recebida nesta casa, e que nem sequer devo anunciá-la, a menos que seja a hora de seu banho ou suas rezas.

— E agora está se banhando ou rezando?

— Não. Suba — inclinou-se de novo e lhe mostrou a escada que levava ao piso superior.

Sílvia começou a subir. Quando chegou ao destino, a primeira coisa que percebeu foi um intenso perfume de sândalo. A porta da sala dos retratos estava aberta, e caminhou para ela. Entrando não viu ninguém, embora o sândalo queimasse, meia dúzia de varetas ali, perto da poltrona posta na frente das imagens, em cujo assento havia um livro e algumas folhas de papel.

Não resistiu à tentação.

Caminhou até a poltrona e viu que o livro, aberto e voltado para baixo, era o *Canto Geral* de Neruda, com dedicatória do autor. As folhas, impressas da internet, continham o *Canto Geral* em espanhol.

Sorriu.

Não queria olhar o retrato de Pushpa, mas olhou. Chegou até a porta da sala e parou, atraída por aquela magia. Um ímã poderoso. A que não podia resistir. Talvez todas as garotas de dezenove anos fossem parecidas nos retratos feitos pelos pintores mais sensíveis. Mas a mulher cuja imagem estava pendurada na parede era indiana. Há cinco anos estava morta.

Seu sorriso, sua beleza pura e imaculada...

Saiu da sala sentindo-se intrusa e foi procurar Mahendra.

Encontrou-o no terraço externo, que dava para o jardim de trás. Inclinado sobre o parapeito, o olhar perdido no lago. Estava vestido como se estivesse pronto para ir a um jantar ou uma festa, cuidado, elegante, talvez para não se entregar, resistindo, sabendo que quando se vive sozinho em uma casa carregada de nostalgias e recordações, sempre se acaba cedendo ao pêndulo do ocaso.

A limonada continuava ótima, a melhor de todas. Já era o seu segundo copo.

— Onde você a consegue?

— Pankaj é quem faz.

— Então vou roubar Pankaj de você quando eu for embora.

— Não será possível — sorriu. — Ele foi feito junto com este palácio. Se for tirado daqui, ele morre.

— Então está com você desde sempre.

— Serviu ao meu pai. Me viu nascer e crescer. Não sei o que seria de mim sem a ajuda dele.

Sílvia olhou as árvores que projetavam as primeiras sombras do entardecer. Sentados no jardim, em torno de uma mesa de ferro pintada de branco, com ferragem barroca muito carregada, sob uma improvisada tenda de lona, a cena tinha reminiscências de velhos filmes como *Passagem para a Índia*[5]. Ali estava o belo indiano e a europeia insegura. A única diferença era que ela não se vestia como as damas do início do século XX, mas com a maior naturalidade. Tinha até tirado o sapato para pisar na grama e estava de cócoras, sentada sobre os pés, uma de suas posições preferidas. Mahendra tinha olhado muito para os pés dela. Eram bonitos, e sabia disso, mas era o primeiro homem que olhava

---

5   Filme lançado em 1984, sobre uma inglesa que vai à Índia encontrar-se com o noivo e precisa lidar com o choque cultural. Título original: *A Passage to India*.

para eles e os admirava sem dissimular, ainda que o fizesse de maneira recatada.

Tudo nele era controle.

— Posso fazer uma pergunta pessoal?

Seu silêncio foi um convite, da mesma forma que o leve assentimento de cabeça, mas o rosto mostrou leve tensão. Sílvia compreendeu que esperava algo relacionado com sua família.

— Por que você nunca vai ao RHT?

Mahendra pareceu aliviado.

— Não posso — disse.

— Por quê?

— As pessoas morrem ali. É um lugar de dor. Não quero ver a morte. Não mais.

— Eu diria que é o contrário, um lugar de cura, de esperança. O hospital está em suas terras.

Não obteve uma nova resposta. Os olhos de seu anfitrião estavam fixos nela, embora não fossem inquisidores nem expressassem outra coisa senão a satisfação de tê-la ali. A mesma paz do jardim, a que fluía da casa, via-se nele, em seu olhar. Mahendra podia ser um indiano fascinante de *Passagem para a Índia*.

Era um indiano fascinante.

— Você foge e se esconde — atreveu-se a dizer, com certa ousadia mal-educada.

— É possível — aceitou ele. — Mas quem foge vai sempre de um lado para o outro, e quem se esconde não pode ser encontrado. Eu estou aqui. Você me encontrou.

— Você não gosta de viajar?

— Não.

— Nem de conhecer pessoas, sei lá...

— Aqui tenho tudo o que posso desejar.

Não teve coragem de continuar. Provavelmente ela seria a primeira mulher a estar ali depois da morte de sua esposa. Quem sabe, a primeira visita. Se com Leo tudo tinha começado mal, com Mahendra acontecia o contrário. Pareciam velhos amigos. Existia uma ligação, uma empatia. Eram tão diferentes um do outro que isso os aproximava.

E a curiosidade é parte do que há de mais intenso na natureza humana.

— Posso eu fazer uma pergunta pessoal?

— Não tenho segredos — Sílvia abriu as mãos indicando inocência.

— Que faz uma pessoa como você num lugar como este?

— Ajudar.

— Não há necessitados no seu país?

— É diferente.

— A pobreza é igual em toda parte.

— Você se surpreende que eu esteja na Índia?

— Me surpreende que alguém como você, jovem e bela, dedique seu tempo a isso.

— Ser jovem e bela não significa nada. Qual é, só as mais velhas e feias podem vir?

— Não quis dizer isso — desculpou-se.

— Eu entendo, desculpe.

— Não, eu é que devo pedir perdão pela grosseria.

Acho fantástico que você esteja aqui, Sílvia de Barcelona, Espanha.

— Acredito no que faço, sabe? — refletiu um instante antes de continuar, sem se importar com o sorriso de Mahendra. — Sempre quis ser médica, e não apenas porque meus pais são. Às vezes tenho medo de que a vida passe muito rápido, sem me dar tempo de fazer tudo o que quero. Outras vezes tenho medo de ser inútil, o que seria terrível para mim. Não quero chegar ao último suspiro sem ter esgotado minhas possibilidades, sem saber que minha passagem pela Terra valeu a pena. Quero morrer saciada, e este, infelizmente, é um mundo que necessita que muitas pessoas se dediquem a ele.

— Você tem um prometido? — indicou suas mãos sem anéis.

— Não.

— Não? — mostrou certa incredulidade.

— Você deve me ver como uma velha de dezenove anos — moveu a cabeça de um lado para o outro. — Mas você sabe que lá é diferente. Nós nos casamos aos trinta.

— Sei disso. Fico surpreso por não acreditar que ninguém tenha se interessado por você.

— Interessar, muitos se interessaram — não falou isso com petulância. — Outra coisa é se eu sou fácil.

Percebeu que não queria falar de Arthur com ele.

A palavra noivo lhe parecia estranha. E mais ainda a empregada por ele: prometido. Arthur e ela apenas saíam juntos e se amavam.

Apenas isso.

— Você tem amigos?

— Muitos.

— Algum em especial?

— Todos os amigos são especiais, caso contrário seriam conhecidos.

— Concordo — rendeu-se. — Quer falar do tempo, das monções, de minha velha família, de minha infância?

Ficou um pouco corada.

Mas não chegou a se trair.

— Fale-me de sua família, sim — propôs a Mahendra.

○○○○○

Desde que chegara, o tempo tinha deixado de contar. Já não podia medi-lo em dias, e muito menos em semanas. Nem horas ou minutos. Simplesmente era tempo, uma sequência de momentos, circunstâncias, situações, às vezes agradáveis e, em sua maioria, carregadas de muita angústia ou tensão, pela urgência ou falta de meios. Para cada morto que ia para o esquecimento, havia dez, vinte doentes curados que pagavam com um sorriso e algumas lágrimas a volta à vida. Acomodar-se não era a palavra adequada. Pelo contrário compreendia que estava se adaptando, situando-se melhor como ser humano e como pessoa dotada de sentimentos e raciocínio. A cada noite agradecia a si mesma por ter dado aquele passo e estar ali. A cada manhã se levantava com ânimo renovado, esquecida do cansaço do dia anterior ou das dificuldades de cada problema. Quando olhava para trás, via tantas coisas novas que... se assustava vendo que todas agora faziam parte de sua vida. Se refletia sobre elas, sentia-se angustiada: Elisabet Roca, Lorenzo Giner, Mahendra, Leo, inclusive suas sombras inseparáveis Viji e Narayan. A distância de sua casa crescia e crescia, muito mais em sua mente do que em seu coração.

Uma distância que não a impedia de pensar em seu pai com aquela pontada de dor, ou em sua mãe com a angústia da solidão. Cada vez que falava com ela pelo telefone, tinham sido três, evitava as horas em que seu pai pudesse estar presente. Não se sentia com forças para falar com ele. E a mesma coisa acontecia com Arthur. Seu *e-mail* tinha sido tão impessoal, tão... comedido. Como se estivesse de férias, passando bem em uma praia da moda, sem qualquer preocupação.

Pelo menos não a tinha chamado de Miss ONG.

Leo já não estava fazendo *tai chi* na frente dos bangalôs de manhã. Sabia que não ia desistir dos exercícios, e depois de procurar, o descobriu perto do lago, em seu ritual de cada manhã. O homem misterioso.

Elisabet Roca pedia que lhe desse tempo.

— Ele se sente ameaçado.

— Por mim? — desconcertou-se Sílvia.

— Uma garota bonita sempre remexe corações e provoca tempestades.

O de sempre. A mesma tecla. "Uma garota bonita."
Como se os homens fossem idiotas e, pelo simples fato
de o serem não pudessem se comportar com naturalidade diante dela. "Uma garota bonita." Tinha crescido
com isso; algumas vezes, orgulhosa, outras, resignada,
na maior parte, furiosa. Suas amigas a invejavam,
diziam que era perfeita, rosto, busto, cintura, pernas,
porte... Outras, menos amigas, a odiavam. Como se ela
tivesse culpa. Nunca tinha se comportado como "uma
garota bonita". Nunca. Jamais tinha sido estúpida ou
arrogante, ao contrário, por saber que era atraente
tinha trabalhado mais do que as outras, para ter o respeito dos outros, sua confiança. Era uma boa pessoa,
boa amiga, boa companheira; fazia favores, sentia-se
solidária, era inteligente.

Mais de um garoto, dos poucos que se atreviam a
aproximar-se, a tinham encarado com surpresa:

— Você é esperta, hein!

Ela apertava os punhos, engolia o que pensava,
mordia o lábio para não gritar e falar que ele era um
imbecil.

Desde os catorze, quinze anos, começaram com
aquele assunto de ela ser modelo, que, se procurasse
uma agência, podia até fazer cinema, que sendo tão
bonita...

Conseguiria um marido belo e rico?

Os arquétipos lhe davam náuseas, incomodavam.

Arthur não era bonito, era normal, embora sua
família tivesse uma boa posição, por isso houve quem

lhe dissesse que estava louca, que "podia aspirar por algo mais".

— Mas o que você vê nele?

No dia em que a chamou Miss ONG, perguntou-se isso pela primeira vez.

Arthur, Mahendra, Leo. Três homens diferentes, três maneiras diferentes de encarar a vida e o mundo. Três partes de um todo.

Olhou-se no espelho. A pele de seu rosto já não tinha aquela suavidade do primeiro dia. As picadas dos mosquitos tinham salpicado seu corpo de marcas. As mãos já não eram suaves nem tinham as unhas devidamente cortadas e cuidadas. E não fazia questão disso.

No entanto, apesar de tudo, o espelho não mentia.

"Uma garota bonita."

— Merda — suspirou.

○ ○ ○ ○ ○

Naquela noite, fez uma tentativa.

Digitou os primeiros números, os dois zeros, o 34, correspondente à Espanha, o 93 de Barcelona...

Mas não conseguiu continuar.

Por que era tão difícil para ela falar com ele?

De que tinha medo?

Ela o amava, e Arthur também a amava. No entanto, a distância em quilômetros não era nem a metade da distância que sentia agora em seu coração. Espaço e tempo. O espaço estava ali, na separação carregada de reflexões. O tempo era o necessário para aprender, amadurecer, valorizar. E ainda não se sentia preparada para ter uma conversa, nem comprida nem curta com ele, a única pessoa que necessitara ter ao seu lado naqueles dias. Como fica o amor quando as duas pessoas apontam para direções opostas? Quem cede? Ou melhor, por que alguém tem que ceder? Seu mundo estava se abrindo. A Índia e o que fazia davam, finalmente, um sentido às suas inquietações. Mas, se para Arthur ela era Miss ONG...

Deixou o telefone, virou-se de costas e voltou ao seu bangalô.

Ia mandar outro *e-mail*, trivial, sem conteúdo, para que soubesse que ela estava bem, e pouca coisa mais. Não era um castigo. Apenas a realidade. Precisava de todo o verão. E, depois... quem sabe na sua volta já não tivesse com que se preocupar. Um verão inteiro dava para muita coisa. Beatriz talvez estivesse aproveitando.

A querida Beatriz, dando na cara que estava apaixonada por Arthur.

Será que ele ia resistir?

Quanto ela estaria disposta a ceder?

— Deus, o que você está dizendo? — levou uma mão ao rosto e esfregou os olhos. — Será que você é idiota...

A luz do bangalô de Leo estava acesa. Teve vontade de plantar-se à porta dele e tornar a gritar. Claro que foi uma ideia absurda, tão momentânea como estúpida. Mas sentiu-se ainda mais furiosa por ter pensado nisso. Começava a desatinar. Refugiou-se em seu bangalô, assegurou-se de não haver mosquitos debaixo do mosquiteiro e, depois disso, tirou a roupa.

A luz eterna do outro lado do lago piscou no meio das árvores.

O farol de um grande amor.

Como se Pushpa pudesse emergir das águas, viva, para reencontrar o caminho de casa e reunir-se de novo com o homem que a havia amado tanto, tanto, tanto...

Sílvia se perguntou o que estaria fazendo Mahendra naquele momento. Qualquer coisa, menos dormir, tinha certeza. Havia falado que dormia apenas cinco ou seis horas a cada noite, que não precisava de mais do que isso. Contou quando ela tinha falado que era dorminhoca, que era capaz de ficar nove horas dormindo. Imaginou que ele talvez estivesse lendo, comparando os versos de Neruda em castelhano com os traduzidos para o inglês, ou, quem sabe, sentado naquela poltrona, na frente dos retratos da mulher e dos filhos.

E não havia masoquismo nisso.

Nada.

Apenas paz.

A paz de que ela ainda necessitava e que lhe impediu de pegar no sono, mais de uma hora desde que foi para a cama e fechou os olhos.

दूसरा हिस्सा

segunda parte

Metade da beleza depende da paisagem, a outra metade, do homem que a observa.

(Lyn Yutang)

CAPÍTULO SETE

Sahira se agarrava à vida quase com raiva.

Seu corpo se extinguia. A mente não. Sílvia a visitava duas vezes por dia, de manhã e à tarde, e, embora não pudessem se comunicar, falavam do mesmo jeito, a pequena em sua língua, Sílvia em espanhol. Também cantava para ela dormir. Às vezes era o melhor do tratamento. Cantava, e segurava, entre as suas, as mãozinhas dela, suaves e frágeis como plumas. A mãe da menina, embora parecesse muito mais velha, não tinha mais do que vinte e cinco anos. Ela não podia passar o dia ao lado da filha porque trabalhava e cuidava de outros três filhos, todos menores do que a pequena enferma. O marido estava longe e ela não tinha ninguém.

Havia outros doentes, meninos e meninas, mas, sem saber por quê, Sahira era sua preferida.

E não se sentia culpada por isso.

Levantou-se de seu lado ao ver que tinha tornado a dormir, e deu de cara com Leo.

— Está aqui há muito tempo? — perguntou, surpresa.

— Dois ou três minutos.

— Não entendo...

— Estava observando você.

Seu rosto estava diferente. Mantinha aquela seriedade eterna, grande parte da desconfiança que o dominava, mas também era possível entrever nele pequenas brechas, indícios de luz, rendição, ternura até.

— Está com algum problema? — quis saber Sílvia.

Foi difícil dizer aquilo, foi como se antes tivesse tido que engolir uma enorme bola parada em sua garganta.

— Quero pedir desculpas.

Não fingiu ignorância. Ficou muito quieta, esperou que ele continuasse.

Mas ele não continuou.

— Só isso? — abriu os olhos.

— Não, escute... — Leo fez um gesto de aborrecimento. — Você trabalha bem, dá o sangue, não se omite, aguenta o serviço, não vomita quando vê sangue nem desmaia diante de vísceras esparramadas... Quero dizer que...

— Já não pareço uma menina caprichosa brincando de voluntária.

— Não era só isso.

— Então, o que é?

— Conheço os seus pais, sabe?

— Então você os conhece e consequentemente...

— Bem, você é filha deles, não é?

— E sou orgulhosa disso, qual é? Acaso eles são monstros? Minha mãe é uma médica respeitável que...

— Tudo bem — interrompeu-a. — Eu me refiro a que fazem parte da alta sociedade, o *crème de la crème*. Quando você chegou aqui, não entendi. Agora vejo que me enganei, pelo menos em relação ao seu valor. Você tem alguma coisa mais do que coragem. Tem consciência social.

— Não sou uma garota esnobe, tonta e rica?

— Esnobe e rica, sim, sinto muito.

Falou isso tão sério que esteve a ponto de gritar de novo, como dias antes. Quando percebeu a ironia, e o brilho de seus olhos, segurando o sorriso, se acalmou.

Estava ganhando mais do que um amigo.

— E você é um cretino que se faz de vítima — o acusou, aceitando a bronca. — Não é que você seja pobre e tenha dificuldades para terminar o curso: é que você se pendura nisso para se sentir melhor e jogar sobre os outros as culpas de tudo.

— Dispara balas de prata, hein?

— Igualzinho a você.

— Eu não tenho uma passagem de volta para o paraíso de uma vida cômoda e fácil.

— Fácil? — esteve por um triz de eriçar-se e saltar. — Escute — suspirou rendida ao perceber que ia perder as estribeiras —, você estava no caminho certo, tudo bem? Será que não podemos conversar um minuto sem discutir? Você não me conhece nadinha. Por que a gente não se dá uma oportunidade?

— Para quê?

— É importante para mim, e talvez seja para você! A gente não deve sair por aí cuspindo veneno, e menos ainda em um lugar como este, onde todos precisamos uns dos outros.

Conversavam no meio dos doentes. Alguns olhavam para eles com ar de crítica, outros sorriam como se estivessem presenciando uma briga de namorados. Leo notou, tomou-a pela mão e puxou-a.

— Venha, vamos para fora — pediu.

Não pararam até chegar ao lado de fora, perto da estrada, sem veículos circulando àquela hora, apenas pessoas andavam pelos acostamentos. Ficaram outra vez frente a frente, dispostos a continuar a batalha dialética, muito mais amigável do que as anteriores, apesar do calor da discussão.

— Começamos com o pé errado, reconheço — foi a primeira coisa que Leo disse.

— Pé errado? Você é muito generoso — Sílvia cruzou os braços. — Você foi grosseiro, antipático, mesquinho, estúpido, presunçoso...

— Quer que vá buscar um dicionário?

— Não se faça de engraçadinho comigo!

— Escute, você apareceu em um momento ruim, só isso.

— E você é tão esperto que bastou me olhar e saber quem eu era, para fazer uma ideia exata e precisa de mim e das minhas intenções.

— Certas pessoas não nos agradam, e a gente nem sabe por quê.

— Eu não agrado, você ficou se defendendo, se borrando de medo!

— Medo, eu?

— Uma garota bonita e poderosa! — pôs as mãos na cintura e fingiu que falava como um homem corpulento. — Uh, uh, olha só, Deus do céu! Que fará por aqui? Por que não está em uma praia da badalação, tomando sol e pegando uma cor? Oh, por favor, este é um território de voluntários e voluntárias corajosos! Aonde vai esta? Quem ela acha que é?

— Você representa muito bem.

— Deixe de gracinhas e fale um minuto a sério, sem máscaras de macho ressentido nem defesas de inconveniente irônico que usa isso para esconder sua impotência!

— Jesus! — pôs a mão na cabeça. — Falar, você fala bem.

— E também sei brigar, senhor Tai chi!

— Por que você está gritando comigo?

— Porque não é justo que, se você está com algum problema, jogue a merda em cima dos outros. Não é justo que faça juízos de valor das pessoas num rompante sem lhes dar a menor oportunidade. Porque você demorou muito para entender quem eu sou e a que venho. E porque você me fez passar mal, percebe? Olhe — acalmou-se o suficiente para continuar falando sem ficar tão nervosa —, estou aqui porque acredito nisso, porque sempre desejei fazer isso, porque para mim não é suficiente estudar medicina e abrir um consultório ou uma clínica, porque não quero cair na armadilha dos Prats Olivella e porque sinto a necessidade de... Nem mesmo sei como explicar.

— Salvar o mundo.

— Quê?

— Você é daquelas que querem salvar o mundo.

— Qual é? Isso é errado?

— Os que tentam salvar o mundo, talvez no fundo, queiram ser salvos pelo mundo.

— Isso para mim não é mais do que jogo de palavras!

— De qualquer maneira, você não é uma pessoa como as outras, e nunca será.

— Por quê? Por ser filha dos meus pais? Caramba, pare de me chatear!

— Está vendo? Você tem tanta vontade de ser diferente e de sentir-se útil, que fica desesperada. Está em busca de redenção.

— Busco ser eu mesma, e que me queiram por mim mesma, como todos os outros! Ou será que você está em busca de alguma coisa diferente?

— Você sabe o que é querer alguma coisa e não ter como conseguir, ou ter um sonho e compreender que nunca o alcançará?

— Claro que sim! Todos temos desejos e sonhos, e posso garantir que ser uma Prats Olivella ou ter dinheiro não torna isso mais fácil! Negaram a bolsa a você? Odeia o mundo inteiro? Como você acha que me sinto quando alguém como você me olha de cima abaixo e me diminui por ser quem sou ou imaginar o que não é? Toda minha vida aguentei essa merda! E a única coisa que queria ao chegar aqui era trabalhar, sentir-me livre e ter amigos! Caramba, preciso de você como amigo!

— De mim?

— Há mais alguém por aqui? — olhou à direita e esquerda pondo a mão em cima dos olhos, como uma viseira. — Você é o único espanhol além da doutora Roca e do doutor Giner, pelo amor de Deus! E se depois disso tudo você não enxerga o que está na cara, deve ser muito tapado, meu filho!

Ela tinha ido além dos limites, transbordado. Ele nem se incomodou com o insulto.

— O que é que está na cara? — perguntou, absolutamente perdido.

— Que somos iguais, Leo, tal e qual! É tão difícil ver isso?

Viji ficava sempre do lado esquerdo, para compensar o defeito da perna direita. Narayan, do outro lado. As duas iam segurando suas mãos, uma de cada lado. Apertavam forte, parecia que tinham medo que ela escapasse. Faziam isso sempre que andavam juntas, por mais curta que fosse a distância. Eram sua sombra. À jovem torta e coxa não escapava nada do que acontecia no RHT.

— Você já é amiga Leo, sim?

— Pelo menos conversamos.

— Eu sabia — fez sinal afirmativo e veemente com a cabeça.

— Sabia o quê?

— Você gosta dele, ele gosta você.

— Não seja casamenteira. Na Espanha as pessoas são amigas umas das outras, sem rolos sentimentais.

— Que é rolo?

— Relações.

— Certo, mas aqui é Índia.

Quando queriam explicar alguma coisa, tanto fazia se era a doutora Roca, Mahendra ou a própria Viji, era sempre aquela expressão, a desculpa perfeita, o subterfúgio ideal: "Isto é Índia".

Narayan falou algo com a irmã.

— Casamento perto — girou a cabeça para ver Sílvia melhor com seu olho sadio. — Você vem?

— Eu?

— Está convidada, sim. Será bonito. Doutora também vem.

— Então...

— Bem!

— Que posso dar a sua irmã?

— Nada, não importa presente.

— Na Espanha não se vai a um casamento de mãos vazias. É costume.

— Dá presente roupa de baixo bonita.

— Onde posso comprar?

— Sua. Tem coisa vermelha preciosa — apontou a cintura.

— Minhas calcinhas?

— Calcinhas, sim.

— Mas estão usadas, embora as lave...

— É presente pessoal. Algo muito... — encontrou a palavra certa: — íntimo.

Suas calcinhas vermelhas. Tinha começado o ano com elas, para que lhe dessem sorte.

Que mais dava?

— Você vê muito Mahendra, sim? — Viji mudou de assunto de uma vez, dando por encerrado o anterior, como de costume.

— É uma grande pessoa. Ficamos amigos.

— É bonito e rico. Bom partido.

— Primeiro Leo, e agora Mahendra? — agitou a mão em sinal de reprovação.

— Você pode. Tomara alguém dissesse casamento a mim.

— Não seja boba, Viji. Melhor sozinha do que mal-acompanhada. Quer se casar com qualquer um, desconhecido, mais velho?

— É marido — disse com firmeza, como se o mundo inteiro começasse e terminasse nisso. — Narayan terá, certeza, seu primeiro filho antes de um ano.

Lembrou-se das palavras de Elisabet Roca quando chegou: "Tem dezoito anos, já é maior de idade, mas ninguém a quer por causa do defeito na perna e da falta do olho. Tem sido impossível acertar um casamento para ela, mesmo com o mais vulgar dos candidatos. E é um grande coração, posso assegurar. Coração e força. Está sadia, é trabalhadora, poderia engendrar filhos fortes... Há países em que uma mulher não é ninguém se não teve dois ou três filhos antes dos vinte anos. Está socialmente marginalizada."

— Você é importante aqui — disse à garota, usando toda sua convicção. — Terá sempre um trabalho. Você poderia aprender a curar os doentes, não apenas limpar. Seria muito bom para você.

— Você louca — Viji começou a rir.

— Confie em si mesma. Você é esperta.

Tinham chegado ao destino, os refeitórios. Soltaram-se as duas ao mesmo tempo e isso foi tudo. Nem mesmo teve outra resposta de Viji. Narayan foi a primeira a desandar a correr. Sua irmã, aos saltos, a seguiu com toda inocência, imitando-a.

Sílvia quis chamá-la de volta, mas desistiu.

CAPÍTULO OITO

Desde que tinha chegado, era o segundo acidente de trânsito com um caminhão lotado de gente. Os feridos começaram a chegar ao hospital em meio a uma confusão de vozes e gritos, buzinas de carros, motos e campainhas de bicicletas. Vinham de carro ou nos braços de companheiros ou de gente que tinha presenciado o acidente. Qualquer meio era bom para transportar os feridos, uns graves, outros com contusões simples, feridas superficiais ou ossos quebrados. Os arredores do hospital se transformaram em um fervedouro em poucos minutos. Àquela altura, todos já estavam empenhados, atendendo a avalanche. Elisabet Roca avaliava a gravidade de cada caso. E havia três graus: diretamente para a sala de cirurgias, primeiros socorros e sala de espera para o segundo turno de intervenções, e casos leves, sem urgência, ainda que houvesse dor.

Em situações como aquela não havia diploma nem especialização. Todos os voluntários faziam de tudo. Para começar, transportar os feridos em macas.

Sílvia tentava arrastar uma, ela sozinha, puxando as duas padiolas superiores. O homem posto ali em cima era obeso e perdia muito sangue. Não estava inconsciente, por isso olhava tudo, com olhos alterados pelo pânico. Ele mesmo segurava o próprio ventre, por onde saíam as vísceras.

Sílvia caiu de joelhos.

Então escutou o grito.

— Vamos!

Levantou a cabeça. Leo estava ali, do outro lado, disposto a ajudá-la, segurando a maca pela parte de baixo das padiolas. Nem sequer teve tempo de sentir-se bem ou mal. O olhar do oftalmologista destilava muitas coisas, força, caráter, ânimo, mas, sobretudo, rendição.

Levantou-se, agarrou os dois paus e puxou com força.

Apreciou o sorriso do companheiro.

Seu companheiro.

Sorriu também, com orgulho, levemente.

Lançaram-se a correr, carregando o peso do homem ferido, para conduzi-lo à sala de cirurgia.

O dia tinha sido duro, mas a situação estava normalizada.

Sempre acabava se normalizando.

A impotência causada pelas primeiras mortes, a dor por aquela sensação de "não poder fazer mais", se compensava com cada sorriso de gratidão por parte dos atendidos, os que voltavam à vida.

Naquela noite estavam esgotadas.

— Estou orgulhosa de você — lhe disse Elisabet Roca.

— Obrigada — sentiu-se feliz com o elogio.

— A maior parte dos voluntários, na primeira viagem, acusa o golpe. É muito forte. Especialmente os que estudam medicina ou já são médicos, porque avaliam melhor a dimensão do ocorrido. Vêm da abundância e se deparam com a falta de recursos. Vêm de lugares em que há equipes, nos quais fazer uma biópsia, um exame radiológico completo ou pedir uma tomografia é tão simples como estalar os dedos. Aqui não se encontra um *scanner* em centenas de quilômetros ao redor. E os doentes formam um rio incessante, interminável. Não é de estranhar que, apesar de ajudarem, muitas e muitas passam por uma fase de depressão no começo, mas logo todos acabam se recuperando, cedo ou tarde. É como a adaptação dos estudantes de medicina em seus primeiros plantões na sala de emergência de um hospital. A sensação de opressão um dia desaparece, simplesmente, a pessoa deixa de sentir-se uma merda e volta a sorrir e brincar com os companheiros. Além de tudo, isso acaba ajudando os próprios doentes.

— Só tenho medo de envolver-me emocionalmente com algum paciente — revelou Sílvia.

Pensou instintivamente em Sahira.

— É normal ter um afeto especial por alguém — a doutora se abanava com um leque de palha enquanto passava loção repelente de mosquitos. — O positivo em você, Sílvia, é sua atitude.

— Nunca me rendi ante nada.

— Está certo, mas somos humanos. A determinação com que nos levantamos a cada manhã é importante.

Por exemplo, o que você conseguiu com Leo...

— Eu?

— Não digo que, de imediato, vá comer na palma da sua mão, mas a mudança é evidente.

— Conversamos, falei o que pensava.

— Sabe de uma coisa, conseguir o respeito dos outros é o que dá a verdadeira medida das pessoas. Leo é um bom voluntário, já é um grande oftalmologista mesmo sem ter terminado o curso, mas, como ser humano, é um desastre, uma ostra fechada, cheio de feridas abertas. Conseguir ser sua amiga é um mérito absoluto. E digo o mesmo de Mahendra.

— Qual é a questão com Mahendra?

— Você é bem recebida na casa dele.

— Bem, para mim é fascinante, e eu para ele suponho que represento esse Ocidente em que estudou, mas ao qual não voltou.

— Mahendra tem sido impenetrável nestes cinco últimos anos. É o cuidador da tumba de sua esposa — olhou para o lago. — Por mais diferente que você seja, o que conseguiu, atravessando seu muro de silêncio, me impressiona. Isso me demonstra uma coisa.

— Quê?

— Você tem um anjo.

— E isso significa o quê?

— Que as pessoas se rendem ante você, gostam de você, conversam, se abrem de forma espontânea. É um dom, querida. Um dom maravilhoso que se torna perfeito para um médico. Mais ainda para um psiquiatra.

— Mas eu não vou fazer psiquiatria.

— Você devia considerar isto.

— Não, obrigada — fez um gesto com a mão. — Não me vejo sentada em uma poltrona horas e horas escutando os problemas dos outros. Quero ser cirurgiã, estar na linha de frente.

— Qual a sua opinião sobre Mahendra? — voltou ao assunto Elisabet Roca.

— Me dá pena.

— Papo ruim.

— Não, você vai ver... — pensou no que ia dizer. — Ele me parece uma pessoa muito interessante, inteligente, de uma cultura assombrosa, cheio de história, personalidade própria. Mas que tenha sido capaz de renunciar a tudo...

— Por amor, não esqueça.

— Eu diria que pela dor.

— É um ponto de vista interessante, embora, quase sempre, o amor seja dor, o sofrimento mais forte para o efeito mais demolidor.

— Se fosse escritora, escreveria sobre ele.

— E se, sem perceber, você estiver atuando como psiquiatra?

Não tinha pensado. E não gostava muito. Ia dizer que era sua amiga, nada mais. Temeu que ela lembrasse o mito ou a realidade de que a amizade entre um homem e uma mulher é quase impossível.

Um dos dois sempre acaba dando aquele passo.

Então, num relance, percebeu que Elisabet Roca

também tinha renunciado a tudo por amor, depois da morte de seu marido.

Fazer visita médica com Lorenzo Giner era muito diferente de fazer com Elisabet Roca.

Dois médicos, dois veteranos, os mesmos pacientes, mas maneiras diferentes de ver e enfocar. A doutora era mais carinhosa, mais doce; o doutor era mais alegre, mais irônico. E as duas maneiras serviam igualmente ao mesmo fim: infundir ânimo a quem estava sob cuidados. Por outro lado, ainda não estivera na seção de oftalmologia com Leo, ajudando-o. Os problemas de vista eram endêmicos.

— Bem, por hoje parece que terminamos — o médico deu por encerrada a visita. — Alguma pergunta?

— Sahira...

— Na Espanha poderíamos curá-la, Sílvia. Aqui, infelizmente...

— Mas está estável.

— Ela se mantém, o que não é a mesma coisa.

Teve um acesso emotivo. Ficou com os olhos cheios de lágrimas. Recuperou-se antes que Lorenzo Giner lhe passasse uma mão por cima dos ombros e em seguida a apertasse contra si.

— Ei, ei — sussurrou. — Vamos, tranquila.

Saíram do hospital e inundou-os o sol da manhã, implacável. Chovia todos os dias, só um pouco, preferencialmente na primeira hora da tarde. Os aguaceiros refrescavam o ambiente e tudo ficava mais suportável, mas, pela manhã, a terra era uma bigorna. Precisavam da proteção de um guarda-chuva para andar pela estrada, embora fossem apenas cem metros. E eles não tinham nenhum.

Embora tampouco estivessem indo a lugar algum.

— Gostaria de poder comunicar-me com ela — sussurrou Sílvia.

— Você fala com ela. Essa menina capta a intenção, que é o que conta.

— Não, a intenção não conta se o resultado final é o mesmo.

— Está ficando dura? — pegou seu queixo com a mão e a obrigou a levantar a cabeça. — Bem, é um efeito natural, mas não deixe que arraste você.

— É que a vida aqui, às vezes, se limita a passar... apenas isso...

— A vida nunca passa apenas — afirmou Lorenzo Giner.

— É você que diz isso?

O homem pestanejou.

— Está apaixonado por uma pessoa e não se atreve a dizer-lhe — sentiu-se mordaz e agressiva.

— Ora, veja — suspirou o médico. — Você dispara direto no coração, sabe?

— Ontem à noite falei com Elisabet. Creio que precisa de você tanto como você dela.

— Por quê? Disse alguma coisa?

— Não é necessário. Essas coisas se notam.

— Já me declarei, e me cabe esperar.

— E vai esperar sempre, sem tentar de novo, enquanto o tempo passa a todo vapor?

— Haverá tempo — fez um gesto de resignação. — Como nós dois somos mais velhos, você pensa que ele está se acabando e é preciso aproveitar. Muito próprio dos jovens: sempre a urgência.

Percebeu que alguma coisa estava fora de lugar, intrometida, como se tivesse tomado ou cheirado algo no hospital. Não tinha o direito de meter-se na vida alheia, e menos ainda na vida de duas pessoas mais velhas com quem colaborava, mesmo que ambas tivessem lhe mostrado algo mais do que afeto.

Ali, eles eram seus pais, uns pais muito diferentes dos que tinha em Barcelona.

— Desculpe, fui inconveniente... — disse, já muito tarde.

— Não, está bem assim — admitiu o doutor Giner. — Às vezes é necessário que algo ou alguém nos lembre das coisas, nos dê um empurrão ou nos faça abrir os olhos. E você é perfeita nisso.

— Uma bisbilhoteira.

— Você deveria dedicar-se à psiquiatria — soltou como se nada tivesse acontecido.

Sílvia ficou muda enquanto regressavam ao hospital fugindo da inclemência do sol.

Aquela conversa, no dia que tinha dito ao seu pai que ia como voluntária à Índia, ficara gravada em sua mente.

— Você não está falando sério.

— Estou com tudo pronto, papai. Os papéis, o endereço...

— Vai ficar todo o verão sabe Deus onde?

— Não vou sabe Deus onde. É um dos hospitais da área, com pessoal espanhol, e é coordenado por uma fundação daqui.

— Mas você ficou louca ou o quê?

— Não sei por que devo parecer louca.

— Aquilo é o Terceiro Mundo, ali não há nada, exceto morte e desolação, e em condições extremas! Você nunca...!

— Exato, papai — o deteve. — Eu nunca fiz nada assim, e é hora de fazer, se acredito nisso.

— Acreditar? Do que você está falando, Sílvia? Desde quando você é a nova madre Teresa de Calcutá?

— Não sou uma santa — conteve a raiva. — Faço o que penso que é necessário, para começar, para mim mesma.

— O que você está querendo provar ou demonstrar?

— Nada.

— Nada? — Rosendo Prats tinha olhado para a esposa, muda até esse momento, embora a maneira como ela olhava para a filha expressasse tudo. — Está escutando isso Cristina?

— É uma decisão sem volta? — foi a única pergunta de sua mãe.

— É.

— Então, já não há o que falar — a mulher encolheu os ombros.

— Como não há mais o que falar? Valham-me os céus! — seu pai agitou os braços no alto e sua expressão se alterou ainda mais. — Você só tem dezenove anos!

— É, por esse motivo mesmo faço isso agora.

— Porque você já é maior de idade?

— Não, por isso não — explicou, revestida de paciência, ainda que seus nervos estivessem já no limite. — Meus estudos vão bem. Acho que é uma idade perfeita para começar a trabalhar sério com o que me agrada.

— Tratar doenças incuráveis no outro lado do mundo, é isso o que te agrada?

— Agrada-me ser médica, papai, e você sabe disso. Às vezes não entendo como você pôde ter feito o juramento de Hipócrates.

— Deus, começam os melindres.

— Papai, eu não lhe digo como você deve exercer sua profissão. Sendo assim, por favor, não venha me dizer como devo eu exercer a minha.

— Sei como você pensa.

— Então, do que estamos falando?

— Filha, todas essas ideias libertárias, a cooperação, o serviço e a entrega aos demais... Eu entendo, não digo que não. Mas a maioria dos que assim procedem têm seus motivos, e nem sempre são altruístas. Uns querem viajar, outros, aprender em campo, com carne de canhão barata e sem responsabilidades. A maior parte se sente culpada de alguma coisa, como se nascer em um país civilizado e dispor de meios fosse um fardo... Os tempos dos *hippies* se acabaram quando eu era adolescente. Você nunca será uma boa médica se não olhar as coisas com mais frieza, pragmatismo.

— Penso que deve ser ao contrário, papai. Sem paixão, nada na vida vale a pena.

O olhar de seu pai tinha sido rude, cheio de profundas cargas emocionais. O de sua mãe refletia o abismo que a separava tanto do marido como da filha. Não estava de acordo com ele, mas temia por ela.

— Por que você me faz isso, Sílvia?

— Papai, por que você pensa que é o centro do universo e que tudo o que se faz é a favor ou contra você? Isto não tem nada a ver contigo, mas comigo!

Não teve coragem de gritar que precisava dele, como precisava sair de sua casa por um tempo, sentir-se livre, bater as próprias asas pela primeira vez. Não se atreveu porque ele nunca entenderia, nem aceitaria algo assim. Suas ideias eram como castelos de muros grossos e cimento sólido.

— Antes de um mês você vai estar de volta — prognosticou.

— Não será assim — ressentiu-se com a profecia paterna.

— Por pura teimosia.

— Rosendo, já chega — intimou-o a esposa.

Aquilo tinha sido mais ou menos tudo. Depois disso, por dias, o silêncio, como se ela não existisse, como se não estivesse indo a milhares de quilômetros de distância. Somente sua mãe, no aeroporto, pediu que telefonasse se precisasse de alguma coisa.

Precisar de alguma coisa.

Ela mesma pensava que não ia aguentar e ia acabar pedindo ajuda para voltar.

A reação do pai tinha sido traumática.

A de Arthur... desconcertante, incômoda, dolorosa.

— Você tem por mim a mesma consideração que tem por desconhecidos.

— Isso não é verdade, mas há um momento para cada coisa. E este é o meu momento de ir e fazer o que sinto.

— Se você me amasse...

— Minha decisão não tem nada a ver com amar ou não amar, pelo amor de Deus! Você me ama? Se o amor é tão importante, você deveria estar do meu lado, apoiando-me, ser menos egoísta. Amar é compartilhar, não só um tempo e um espaço comuns, mas a liberdade de cada um.

A liberdade de cada um.

Quando Arthur a tinha chamado Miss ONG, alguma coisa muito delicada tinha se rompido dentro dela, esfarelando-se como areia fina. Foi o pior choque, o mais brutal, o da realidade, por mais que ele tivesse falado em um momento de insegurança e aborrecimento. Quase podia entender seu pai. Arthur, não.

Tinha se enganado?

Não, o amor nunca é um erro. O amor acontece, apenas isso, não há razões nem causas alheias, é um processo natural. A maioria dos garotos e garotas tinha experiências traumáticas, apaixonavam-se por quem não deviam, sentimentos impossíveis. Este era o jogo: não havia regras. Nesse sentido, a vida era o mais gigantesco campo de experimentos, nunca imaginado. Cada história era única, uma aventura excitante, cara ou coroa.

Pensou nisso de repente, ouvindo Jordi:

— Vi o Arthur, e ele está desfeito.

— Em que sentido?

— Em qual pode ser? Só te digo que sente saudade.

— Uma coisa é sentir saudade de alguém, e outra, muito diferente, é se sentir frustrado ou chateado.

— Ligue para ele.

Não era tão simples. Não queria brigar pelo telefone, nem chorar.

Chorar ali, por um motivo como aquele, lhe parecia uma tolice e perda de tempo.

No hospital, cada lágrima significava alguma coisa.

— Como estão papai e mamãe?

— Discutem muito.

— Era só o que faltava.

— Sabe o que eu acho? Que é bom para eles. Eu nunca tinha escutado uma briga ou discussão antes. Sempre tão comedidos e corretos...

— Está falando sério? — ficou perplexa.

— Completamente. Parecia que não tinham sangue. Menina, não vou dizer que devem jogar os móveis um no outro, mas um pouco de animação de vez em quando...

— É, mas para que você escute, devem gritar bastante.

— Digamos que estou mais atento, de prontidão.

— E falam o quê?

— Papai continua batendo na mesma tecla, que você está louca, que está perdendo tempo, que você vai pegar alguma doença, coisas assim, mas nestes últimos dias parece diferente. Anteontem mamãe lhe disse que você merece ser respeitada, e ele concordou. Disse: "E você acha que não estou orgulhoso dela? Estou, mas às vezes a teimosia é só uma defesa da pessoa!"

— Ele falou que estava orgulhoso de mim?

— E tem mais. Ontem à noite mamãe dizia que esticar a pele da marquesa de Não Sei das Quantas é tão lícito como operar uma pessoa de coração aberto, mas que o corpo não ficava igual. Então papai começou a chorar.

Sílvia ficou gelada, até a última gota de sangue.

— Como é, você falou o quê?

— Que chorou, não é incrível?

Nunca tinha visto seu pai chorar. Nem com a

morte da avó. Imaginar isso a deixou balançada.

— Se ele pudesse entender como estou feliz aqui, apesar de tudo o que vejo e de... — sentiu-se derrotada. — Pela primeira vez na vida me sinto útil, sei que valho alguma coisa, Jordi.

— Acho que você está no controle. No fundo, nunca vão poder conosco.

Entre ela e seu irmão havia um abismo, mas não era o caso de discutir isso por telefone. Jordi relaxava nos estudos, continuava sem saber qual era seu lugar na vida. Parecia querer ficar sentado à espera de que o futuro viesse até ele em vez de encontrar uma forma de alcançá-lo com esforço próprio.

— Que aconteceu quando começou a chorar?

— Não consegui escutar direito. Parece que mamãe o abraçou e falou alguma coisa, que tinham feito o melhor possível, mas que nós tínhamos nossa própria personalidade, e que isso era o mais importante.

Aquelas lágrimas abriam as portas da esperança.

— Jordi, quero que você faça uma coisa por mim...

A ligação caiu justo naquele momento.

CAPÍTULO NOVE

Gostava da música indiana, encantava-se pelas intermináveis ragas executadas com o *sitar* e o tabla.

Sua escassa experiência, limitada ao fato de uma vez ter visto Ravi Shankar na TV, se enriquecia cada vez mais, desde que Mahendra começou a fazê-la escutar o melhor de sua pequena, mas selecionada discoteca. Apreciava melhor os temas, os tempos, a sonoridade, as mudanças, as diferenças entre os instrumentos. Seu anfitrião parecia gostar de atuar tanto como mestre de cerimônia como de público. As jarras de limonada desapareciam à medida que os temas desfilavam por sua mente.

Agora, os dois se embalavam no silêncio do anoitecer.

Ali, em Pashbar, não havia televisão.

— A televisão contamina — disse a ela o dono da casa. — Em qualquer lugar da Terra chegam hoje as emissões das televisões ocidentais, e as crianças, os jovens, veem um mundo que não é o deles, mas que os deixa terrivelmente frustrados por não poderem alcançá-lo. De que serve mostrar se nunca será possível? Uns passam fome, outros têm sede, a maioria carece de quase tudo, e na televisão se vê a abundância, o desperdício, a falsa beleza dos eleitos. É um insulto e uma ofensa comparativa. Por isso há tantos movimentos migratórios. A televisão é o engano dos inocentes, dos que se esquecem da igualdade.

Por outro lado, Mahendra lia todos os dias dois ou três jornais, escutava rádio e navegava na internet. Sabia de quase tudo. Estava a par do que acontecia em seu país e do outro lado do mundo. Às vezes debatiam assuntos que ela não podia imaginar.

Naquela tarde não.

O silêncio era cada vez mais profundo.

Até que Sílvia sentiu o olhar de Mahendra, intenso, justo alguns segundos antes de lhe dizer:

— Sinto-me privilegiado por ter você aqui, e também por sua sincera amizade, Sílvia de Barcelona, Espanha.

Pronunciava isso como se fosse um título de nobreza, com pompa. E em seu inglês acadêmico soava exatamente igual, solene, embora ela soubesse que, no fundo, era meio brincalhão.

— Não, eu é que sou privilegiada. Isto é um sonho.

— Decadente e arruinado — suspirou com uma pitada de melancolia.

— Para mim este palácio é... muito especial.

— Você olha para ele com olhos ocidentais, e compreendo a força que pode exercer sobre você — continuou com seu tom melancólico, agora mais acentuado. — Tenho consciência de que é apenas um legado, o resíduo de um passado que não voltará.

Não soube explicar. E não sabia se devia. Quando estava ali, o tempo parava, morava em cada lugar, em cada canto, em cada corredor e em cada quarto. Um tempo prisioneiro de si mesmo, carregado de lembranças e músicas. Ou, pelo menos, era o que seu romantismo criava: a coceira da paz na alma.

— Quando eu era criança, meu livro preferido era *As mil e uma noites*[6] — confessou. — Eu me extasiava com as descrições daquelas maravilhosas princesas, me surpreendia seu traço erótico, me fascinavam os luxos e as histórias contadas em suas páginas. Em Pashbar me sinto como se estivesse vagando pelo livro.

— Você deveria escrevê-lo. Nós o guardaríamos sob um dos muros e assim, dentro de cem anos, quando a hera cobrisse suas ruínas, alguém o encontraria.

— Pashbar renascerá.

— Não, não renascerá. É impossível — foi categórico.

— Mahendra, cedo ou tarde você voltará à vida e ao mundo. Não pode ficar aqui todo o tempo.

— E por que não?

— Construa um novo Taj Mahal em honra de Pushpa, e deixe que ele seja a recordação dela para a posteridade.

Teve medo de ter sido demasiado ousada, abusando da hospitalidade e da confiança dele. Nem sempre entendia a filosofia hindu, continuava filtrando as emoções sob o prisma ocidental. Por sorte seu anfitrião nunca parecia alterar-se, nem aborrecer-se, nem incomodar-se com nada. Seus olhos falavam mais do que seu corpo, porque nenhum gesto o traía indo além deles.

---

6 Um dos maiores clássicos da literatura mundial, o livro reúne vários contos da tradição oriental, inclusive, indiana.

— Este lago está aqui há milhares de anos — disse ele. — E continuará aqui milhares de anos depois de nós. Ainda mais do que possa talvez durar o Taj Mahal. Por isso, suas águas são meu Taj Mahal para Pushpa.

Não soube muito bem a que se referia, nem por que lhe tinha dito aquilo. Talvez não fosse nada, só um comentário. Mas, por via das dúvidas, não continuou com o assunto.

Muitas vezes era como se Pushpa estivesse ali, com eles, mais do que um retrato na sala da poltrona solitária.

Já era muito tarde. O tempo às vezes parecia um tobogã sobre o qual ela deslizava sem remédio, especialmente quando estava à vontade e sua mente ficava livre de qualquer amarra. Compreendeu que a hora começava a ser inoportuna quando viu Pankaj passar perto deles pela segunda vez.

— Ai, Deus! — gemeu olhando o relógio e pondo-se em pé. — Vão pensar que me perdi ou alguma coisa assim.

— Posso enviar Pankaj ao hospital — propôs Mahendra.

— Para quê?

— Se você ficar para o jantar.

Ficou sem ter o que dizer, porque era o que menos podia esperar.

— Para mim seria uma verdadeira honra — disse o

dono da casa.

— Não posso, de verdade.

— Pelos rumores?

— Por norma — driblou o comentário direto que, na voz de Mahendra, soava natural. — Não seria certo fazer isso sem avisar.

— Então, outro dia?

Se não aceitasse, seria absurdo. Se dissesse que sim, corria um risco.

Não sabia muito bem qual, mas sabia que corria um risco.

— Outro dia — concordou.

Ele a acompanhava sempre até a porta. Não à da casa, mas à do muro. O cerimonial incluía ir caminhando calmamente, esgotando o último assunto. No portão, despediam-se à maneira indiana, juntando as duas mãos na altura do peito e inclinando a cabeça, enquanto proferiam o emblemático *namaste*. Nem desta vez Sílvia quis sair correndo.

Mahendra fez a pergunta depois de descer a escada, andando entre os tanques de nenúfares.

— Quando acabar seu verão você vai voltar para casa?

— Vou, claro.

— Para continuar estudando?

— O curso de medicina é longo.

— Você vai voltar?

Não sabia. Naquele momento não tinha dúvidas de que voltaria. Mas um ano era um ano. Coisas aconteciam. E não queria mentir, nem mesmo por piedade ou para fazer papel bonito.

— Não sei. Espero que sim.

— Da próxima vez espero que você também não fuja nem se esconda, Sílvia — disse Mahendra, com uma simplicidade mais assustadora do que suas próprias palavras. — Eu gostaria de voltar a ver você aqui, livre.

Livre.

Não quis parar, nem falar sobre isso. Sentiu-se bloqueada. Se tivesse mais tempo talvez tivesse rebatido suas palavras, mas já era muito tarde.

Saiu correndo após se despedir de Mahendra. Depois, durante o jantar, estava ausente.

Livre.

Não era livre? O que ele via nela que ela mesma não sabia? Enganava-se a si mesma, e, por outro lado, era transparente para os outros, para o dono de Pashbar ou para Leo?

Não conseguiu conversar direito nem com Elisabet Roca nem com Leo. As risadas barulhentas dos outros voluntários a incomodaram. Imaginou que, embora estivessem longe, os doentes internados podiam escutá-las. Quando acabou de jantar descobriu que, sem perceber, tinha se encaminhado para a sala que servia de central de comunicação. Não queria telefonar. Mas, se seus passos a tinham levado até ali, havia algum motivo.

O correio eletrônico.

Sentou diante do computador e o ligou. Esperou que estivesse pronto para entrar na internet. Em seguida digitou o endereço de Arthur no destinatário, e seu nome, Sílvia, no assunto. Seu ímpeto diminuiu quando quis começar a mensagem.

Suas mãos ficaram paralisadas.

Se estava ali, na Índia, era para ser livre.

No entanto, Mahendra era capaz de ver suas amarras.

Invisíveis.

Da mesma forma que Leo via as nuvens de suas tormentas.

Escreveu: "Querido Arthur, creio que a distância está sendo boa para nós. Sinto saudade e..."

Parou, leu aquela única linha e a apagou.

Voltou a escrever: "Querido Arthur, sinto que alguma coisa está mudando em mim, a vida, os sonhos, as esperanças. Às vezes nos apaixonamos sem saber por que, mas hoje posso dizer que te amo por..."

Tornou a apagar o escrito, com mais raiva.

Ela não ia conseguir a resposta final de imediato. Ela teria a resposta final quando voltasse e se encontrasse com Arthur, em sua própria reação, que podia ser correr para ele e aninhar-se em seus braços e beijá-lo, ou, ao contrário, sentir o lastro que ainda agora a arrastava para os abismos do seu ser. E faltava muito ainda para esse retorno.

Toda uma vida.

Pela terceira vez escreveu: "Querido Arthur, estou bem, embora com muito, muitíssimo, trabalho. Amo o que faço, o que sinto. Lamento não poder escrever uma mensagem mais longa, mas, por aqui, mandar *e-mail* é um luxo, pois as máquinas são necessárias para outros usos. Penso muito em você e...", vacilou um momento, mas acabou acrescentando: "sinto saudades. Você já está de férias? Um beijo. Sílvia".

Arthur de férias, claro.

Nem tinha pensado nisso.

Cadaqués, Costa Brava, o iate de Emílio, um pouco de loucura, o campo livre para as tentativas de Beatriz...

Três tipos de amor, entre as muitas possibilidades talvez existentes, a rodeavam como inocentes nuvens de algodão. Por um lado estava o amor de Leo, nervoso, veemente, ferido pela traição da noiva. Por outro, estava o amor de Mahendra, poderoso, radical, elevado ao máximo da paixão. E, em terceiro lugar, o amor da espera, calmo, sem tempo nem idade, que era o de Lorenzo Giner pela doutora Roca.

Onde podia ser situado o de Arthur?

Que tipo de amor era aquele que admitia que ela fosse chamada de Miss ONG?

— Você ainda vai descobrir que está traumatizada com isso — disse para si mesma em voz alta.

O ruim dos traumas era que formavam um poço,

oxidavam o fundo, e, cedo ou tarde, não importava quanto tempo passasse, acabavam saindo por onde menos se esperava, aborrecendo o futuro.

Se ela desaparecesse, se terminasse, quanto ia demorar para Arthur se esquecer dela e sair com outra? Bem, esquecê-la não, porque ficava a marca indelével na alma. Mas, sair com outra... Um ano? Seis meses?

— Menos — voltou a dizer com implacável masoquismo.

Mahendra estava há cinco anos prisioneiro de uma recordação.

O amor em um país com casamento sem amor. Extraordinário.

— A pergunta é... Por que, de repente, você pensa tanto em Arthur? — exclamou em voz alta pela terceira vez.

Não tinha resposta.

E, pela mesma razão não tinha resposta quando sentia aquele estranho respeito pela força e pelo carisma de Leo, ou olhava, como se houvesse um ímã, para o outro lado do lago, para aquela luz que era como um farol na noite. A luz que iluminava o único aposento de Pashbar em que ainda não havia entrado.

Três tipos de amor.

Arthur.

Teve que tomar uma aspirina para se acalmar e dormir.

CAPÍTULO DEZ

A sombra da árvore sob a qual se escondiam ajudou-os a combater o calor implacável. A roupa estava grudada no corpo, formando uma segunda pele úmida, que não tiravam por pudor. Leo gemeu vendo as águas do lago tão próximas.

— Que vontade de dar um mergulho.

— Não creio que Mahendra possa ver você de Pashbar.

— Alguém poderia contar a ele.

— E qual é o problema?

— Seria capaz de expulsar-nos de suas terras, a todos nós.

— Você não o conhece.

— Seu amigo pode ser um encanto com você, mas vira uma fera quando o assunto é o lago e o que ele encerra. Há dois anos um voluntário jogou um tronco na água e subiu nele para utilizá-lo como barco. Fez com que o prendessem, e ele quase foi expulso da Índia. No fundo está louco, como todo ermitão, ainda que você esteja seduzida por ele.

— Não estou seduzida.

— Fascinada.

— Também não.

— Então tá — Leo levantou as mãos com as palmas voltadas para ela, em sinal de paz.

— É outra cultura, outra forma de entender a vida — insistiu.

Leo não continuou a discussão, mas manteve os olhos na superfície líquida, misteriosa e escura. Não sabiam nada do lago, como se mantinha, qual sua profundidade, que animais viviam nele.

— Imagine se um dia, sem mais, esse cadáver emergisse à superfície? — disse de repente o jovem.

— Talvez isso o libertasse.

— O feitiço, a magia, se romperia. Ele vive por essa esperança. Se pudesse cremar o corpo da esposa e jogar as cinzas no lago como fez com os filhos, deixaria de acreditar nela.

— Na mulher?

— Não, na esperança. É isso que o mantém. Muitas pessoas têm um sonho, passam a vida lutando por ele; quando conseguem realizá-lo... percebem que estão vazias, porque o que lhes permitia viver e continuar era o sonho em si, não o fato de alcançá-lo. Enquanto estavam em busca dele eram felizes. Quando o conseguem, não sabem o que fazer.

— Isto mostra que não é bom pôr toda a fé em uma só coisa — disse Sílvia.

— Concordo.

— Olha só quem fala.

— O que você está querendo dizer?

— Que isto é a sua fé — apontou para o hospital.

— É a minha carreira — disse Leo.

— Você ama este lugar. Caso contrário, não teria voltado aqui quatro anos.

— Você está enganada. Este lugar também é parte

da minha carreira.

— Não estou censurando nem criticando — disse Sílvia. — Meu tempo aqui é quase nada e já... — suspirou enchendo os pulmões de ar. — Aqui estou eu descobrindo o que é verdadeiramente ser médica.

— Você é uma romântica. Aqui o que se descobre é a impotência de ver que apenas se pode fazer o mínimo, porque não há recursos, e percebemos a diferença absurda, comparando ao que temos em nosso país.

Desde que tinham selado a paz, quebrando o gelo que os separava, conversavam mais, e o faziam com consciência. Com Mahendra estabelecia o vínculo da fascinação, nisso Leo tinha razão, embora não o tivesse reconhecido em voz alta. Mas com ele fortalecia outro vínculo, o da realidade, a tomada de consciência, o sentido da própria vida. Falavam em uma mesma linguagem, de perspectivas diferentes, mas sob o mesmo compromisso. E, mais do que conhecer-se um ao outro, estavam se descobrindo. Sabia que, cedo ou tarde, seu companheiro lhe faria aquelas perguntas.

— O que seus pais disseram quando você veio para cá?

Podia mentir.

Não o fez.

— Tive uma briga tremenda.

— O eminente doutor Prats não gostou, hein?

— Temos um ponto de vista diferente, isso é tudo.

— E seu noivo?

— Que noivo? — crispou-se.

— Você é das que têm noivo.

— Escute aqui, você!

— Não me jogue nada! — se protegeu Leo, rindo ao ver que ela estendia a mão para pegar um galho ou uma pedra. — Era só um comentário.

E tinha acertado. Isso era o que mais doía.

— Saio com uma pessoa — aceitou —, mas nada de noivo.

— E o que ele falou quando você disse que ia passar o verão aqui?

Mordeu o lábio. Não sabia se contava. Então percebeu que talvez fosse uma terapia, uma forma de se libertar, se contasse. E, além disso, ver a reação de uma pessoa de fora, embora Leo não fosse o juiz mais imparcial.

— Ele me chamou de Miss ONG.

A expressão de Leo não deixou lugar a dúvidas.

— Sério?

— É.

— Que faz na vida esse gênio?

— Estuda economia.

— Entendi — falou como se isso explicasse tudo.

— Entendeu o quê?

— Para os que lidam com a grana, este é um filme incompreensível.

— Nem você entende o deles, e é a grana que move o mundo e permite que estejamos aqui, neste hospital.

— Não, o que move o mundo não pode ser a grana, seria muito... triste — Leo enrugou o semblante.

— Eu sou realista, sinto muito. O amor, a vontade, o compromisso... Tudo isso é importante. Mas, sem dinheiro, nada existe. É duro reconhecer, mas é preciso aceitar.

Houve uns segundos de silêncio. Os dois pareceram refletir sobre suas ideias e suas posturas. Não continuaram por ali. A nova pergunta de Leo foi muito mais direta.

— Você o ama?

— Não sei.

— Você o amava antes disso acontecer?

— Amava.

— Então, ainda ama, por mais que você se sinta ferida e traída. Deixe-o digerir isso. Garanto que, quando você voltar, ele vem com o rabinho no meio das pernas e cara de carneirinho.

— Você está sempre muito seguro de tudo.

— Não vai querer perder você, só se for idiota.

Aceitou o elogio. Porque era um elogio. Essas palavras ajudavam. Também achava que ele não ia querer perdê-la.

— Mas quando o ser que amamos falha conosco...

Leo mudou de expressão.

Foi um leve desânimo que durou dois ou três segundos.

Sílvia quis lhe perguntar de sua experiência, mas não teve coragem.

— Já estou curado. Dei um tempo no amor — ele se

espreguiçou e mudou o tom de voz para dizer, cheio de ironia: — Veja o nosso caso. Você pode imaginar como estou tranquilo sabendo que não vamos nos apaixonar nem viver um tórrido romance oriental aproveitando as circunstâncias, que seria o mais lógico? Assim não tem problema. E é sempre melhor sermos amigos para sempre do que ter um caso que é pura fagulha hoje e faz a gente se odiar amanhã.

— Que jeito é esse de falar? — ela se indignou. — Pare com isso, parece roteiro de filme!

— *That's life!* — falou em inglês.

— E por que necessariamente acabaria mal, pode-se saber? — ela ainda insistiu.

Deparou com o olhar cético e gozador dele.

— Você e eu juntos? — estalou a língua, e seus olhos brilharam mordazes. — A gente ia acabar se matando!

Sentiu-se melhor depois daquela conversa com Leo. Em muitos aspectos e muitos sentidos. Melhor porque podia externar seus sentimentos, falar de Arthur, abrir-se com alguém que, pelo menos, a entendia. Alguém próximo de sua faixa etária e não como a doutora Roca ou o doutor Giner. Além disso, de repente, Leo lhe parecia divertido, direto, com personalidade própria, cheio de ironias, às vezes enfeitado com uma capa de cinismo, produto do seu frustrado amor de quatro anos antes, mas honesto e firme, embora nem sempre estivesse de acordo com ele e com seus critérios.

Morria de vontade de perguntar sobre aquele amor que o havia transformado em um ressentido sentimental, mas não se atrevia. Não se achava capaz de tocar em uma ferida que parecia aberta. Melhor esperar.

Ressoavam na sua cabeça aquelas palavras fulminantes:

"Você e eu juntos? A gente ia acabar se matando!"

Dia e noite.

Seus pais nunca tinham brigado. Nem ela e Arthur. Um dos dois sempre acabava cedendo. Talvez fosse bom se soltar, liberar energias negativas. Chorar deixava-a serena, limpa. Talvez gritar tivesse o mesmo efeito, mas de um jeito mais íntimo. A separação provocou, tanto nela como em Arthur, dor, tristeza, a frustração de um sentir-se ferido pelo outro, mas não a raiva suficiente para levantar a voz.

Não soube o que responder ao Leo.

Apenas um "Pirou!", seguido por uma gargalhada.

Será que se matariam mesmo?

E por acaso, não seria melhor ter um tempo de paixão, mesmo que depois tudo acabasse, do que a implacável sensação de vazio?

Não era melhor viver e chorar do que se poupar e mentir para si mesmo?

Leo estava enganado. Mas entendia a reação dele. Antes de Arthur tinha se apaixonado três vezes, ou pelo menos achava que tinha. A primeira, aos doze anos, e não estava certa se tinha sido para valer. O garoto era o bonitão do colégio, três anos mais velho. Ela ainda não estava formada nem desenvolvida, embora fosse voz corrente que ela era muito bonita. Quase não se falaram durante o curso, e quando isso aconteceu, falaram de assuntos triviais, no pátio, quando acontecia de tomarem o mesmo ônibus, em uma reunião da escola. Em pleno verão, o viu de mãos dadas com uma menina. Ficou com o coração no chão, e isso foi tudo.

Mas derramou as primeiras lágrimas de amor.

O segundo foi muito mais forte. Quatorze anos. Amor de verão, praia, olhares furtivos, escapadelas longe dos outros, e o primeiro beijo, à noite, em uma discoteca. Um beijo real, de verdade. Um beijo que a desmanchou e encheu sua mente de estrelinhas. Havia outros dois garotos que suspiravam por ela, mas se renderam à evidência e se retiraram, derrotados. O resto do verão, duas semanas, foi de sonho, até que chegou a inevitável separação. Ela, para Barcelona, e ele, para Vigo. Mil quilômetros no meio. As primeiras cartas foram maravilhosas, até que o impulso decresceu e o fogo se apagou. Quando soube que não voltaria a Costa Brava porque ia estudar em Londres, jogou a toalha.

O terceiro, com dezessete anos, podia ter sido o mais importante, mas, por sorte, descobriu que nem ela nem ele estavam levando a sério. Foram com tudo, perdeu a virgindade com ele, e um dia, olhando para ele, soube que nada mais ia acontecer, que tinha sido uma ilusão, que quase empurraram um para os braços do outro pelo simples fato de serem "o casal ideal", "o garoto e a garota perfeitos".

Não aguentava mais ser olhada apenas por sua aparência...

Um ano depois Arthur apareceu.

E com ele a estabilidade emocional.

Se não tivesse sido assim, se não lhe interessasse, não teriam tantos problemas logo de cara para avaliar suas ideias, o futuro de cada um, e buscar a maneira de compartilhar tudo sem privar o outro de nada.

Nesse ponto estava.

Embora ali, submetida aos vaivéns de sua nova vida, fosse difícil pensar em como isso podia ser feito.

A voz de sua mãe tinha um tom de ansiedade mal-contida.

A conversa era a mais trivial de todas que haviam tido desde que chegara à Índia, frases convencionais, tiques e a inquietude dissimulada de um evidente nervosismo. Sílvia não se atrevia a perguntar. Tinha certeza de que conhecia a espiral em que talvez se enfiasse. Mas estava claro que sua mãe não ia soltá-la tão facilmente.

— Mamãe, tenho plantão — mentiu.

— Espere, por favor. Sempre com pressa.

— Aqui não é um hotel, você tem que entender.

— Nem uma prisão.

Era domingo, imaginou-a na casa de campo, talvez ao lado da piscina, iluminada na noite como um pedaço do céu muito azul preso na terra. A paisagem era bela. A casa da montanha era a casa dos seus sonhos, sempre tinha sido. E naquele momento a sentia muito distante, como se já não lhe pertencesse.

— Tenho tanta pena de que seu pai não esteja aqui...

— Aonde foi?

— Estava jogando tênis com o Ricardo.

— Sempre ativo, sempre ocupado.

— Sílvia, por favor.

— Mamãe, é a verdade.

— Queria pedir que você ligasse para ele — pediu. — É seu pai.

— E eu, sua filha.

— Então, por isso mesmo.

— Quero dizer que se eu tenho que respeitá-lo como pai, ele deve me respeitar como filha.

Lembrou-se do que tinha lhe contado Jordi sobre as lágrimas e sentiu um nó no estômago.

— Vocês são tal e qual, sabe?

— Podemos ser tal e qual, mas ele não me dá a mínima oportunidade.

— E você, dá a ele?

— Eu a ele? É a minha vida que está em jogo, e eu quero viver do meu jeito, não do jeito dele!

— Mudou estes dias.

— Em que sentido?

— Compreende o que você está fazendo, dá valor,

perdu esse tom irado dos Prats, quando alguma coisa os contraria ou alguém vai contra seus planos — a provocou. — Há dois dias contava a Juan Calvo o que você estava fazendo, e fazia isso com orgulho...

— Mamãe, ainda não estou preparada para enfrentá-lo, certo?

— Enfrentá-lo?

— Chame do jeito que quiser — disse esgotada. — Preciso dessa distância.

— A distância afoga e mata, filha. Ele é seu pai e te ama. Seria suficiente se você dissesse a ele que está bem e é feliz.

— Disse que não queria saber nada de mim.

— Todos falamos coisas nas horas de nervosismo!

— Rosendo Prats fala em sã consciência — provocou-a ainda mais. — Disse que eu estava louca.

— Sílvia...

— Você tem que me dar tempo, mamãe, por favor. Me dê tempo, e a ele também, se está mudando, como você diz. Agora, é sério, preciso desligar. Já devia estar no plantão há cinco minutos, e aqui estamos em número reduzido, se um chega atrasado, cria problema ao outro.

— Meu bem...

— Eu te amo, mamãe — falou o que ela queria escutar —, e o papai também.

CAPÍTULO ONZE

Conforme se aproximava o casamento de Narayan, observou certa mudança de humor nas duas irmãs. Viji chateava a irmã, a tratava pior, aborrecia-a de uma forma às vezes raivosa. Eram seus últimos dias juntas. Quando a mais nova se tornasse uma esposa, perderiam o contato, deixariam os sonhos para trás, os anos nos quais uma era a mais velha, e a outra a seguia como um cãozinho. Mas, ao mesmo tempo, Sílvia notou a gradual seriedade que ia tomando conta de Narayan. Fazia menos perguntas, quase não falava, mantinha silêncios cheios de uma contida carga emocional interior. Oscilava de estados de alegria e excitação absolutas, pois ia ser a grande protagonista da cerimônia e isso significava dar o passo decisivo em direção à maturidade, para momentos de infinita tristeza e recolhimento. Olhava a paisagem com a dor de quem sabe que está a ponto de perdê-la. Tentava absorver tudo com a ansiedade do último minuto, quando compreendemos que já é tarde e que, façamos o que façamos, o que vai acontecer é inevitável.

— Você devia ajudar Narayan — disse a Viji.

— Por quê?

— É uma criança.

— Vai se tornar mulher de Raman Singh, será feliz, terá coisas, tudo o que quiser. Dividirá o cabelo ao meio e se vestirá de vermelho, como uma mulher casada.

— Mesmo assim, é uma criança, e talvez esteja assustada.

— Quisera eu estar assustada — Viji falou isso com a maior naturalidade, dirigindo para a irmã aquele único olho tão expressivo. — Raman é muito boa família. Mesmo que sogra bata nela no começo, para que aprenda. Narayan será muito e muito feliz, e fará Raman feliz porque é bonita e forte.

— Por que você diz que a sogra vai bater nela?

— Minha mãe bate esposa de irmão Naresh.

— Ai, Deus! — suspirou, presa na armadilha dos seus convencionalismos ocidentais.

— Em Espanha não se bate em esposa de filho?

— Não!

Pareceu não acreditar. Sorriu divertida. Sílvia não soube se falava para ela de direitos humanos ou de convivência, de respeito ou de liberdade. Lembrou-se do tema das esposas queimadas e acabou se convencendo de que era absurdo lutar contra o vento, mais ainda com as mãos vazias. Esquecia-se de que Narayan estava se casando com um completo desconhecido, por acordo familiar. Partindo de tal premissa, todo o resto era possível.

— Por que em Ocidente amor é tão importante? — perguntou Viji com a maior das inocências.

A cama de Sahira estava vazia.

Foi tão inesperado, tão contundente, que ficou abalada, como se tivesse recebido um soco no plexo solar capaz de deixá-la sem ar. Suas pernas tremeram, e ela vacilou por um longo momento, uma eternidade em que se sentiu subitamente gelada, com a mente em branco.

O grito cresceu em seu peito.

— Não, não..., não!

Não viu ninguém do pessoal do hospital. Era uma dessas manhãs em que alguma coisa lhe tirou o sono antes da hora, por isso não tinha mais por que continuar na cama. Devia ser a primeira a madrugar. A mulher que estava mais perto, no leito ao lado, olhava para ela com olhos ausentes.

— E a menina que estava aqui? Para onde foi?

Não a entendeu. Explicou por sinais, mas foi inútil. A mulher respondeu qualquer coisa que não pôde decifrar. Seus olhos brilharam com intensidade ao mostrar a cama da menina doente, mas Sílvia não quis ceder ao impulso de acreditar no pior. Os olhos da maioria brilhavam, mas nem por isso parecia que iam chorar.

— Sahira... — gemeu.

Procurou uma das moças que ajudavam no hospital, porque os outros voluntários ainda não estavam por ali. Acabou correndo entre as camas, para chegar ao escritório de controle. Antes de cruzar a porta tropeçou em Uruashi, uma das enfermeiras.

— Sahira! — foi sua única palavra.

O rosto de Uruashi se transmutou. Da alegria

inicial e do bom-dia abortados nos lábios para a tristeza. Todos tinham visto o carinho de Sílvia por aquela menina. A realidade se tornava um disparo seco.

Não teve palavras para explicar, mas, nesse instante, a verdade impôs sua lógica.

— Não... não! — começou a chorar.

Uruashi tentou contê-la. Não conseguiu. Sílvia escapou como um peixe. Lançou-se a correr em busca de uma lufada de ar fresco que não encontrou nem no lado de fora do centro médico. Então continuou correndo, meio afogada, meio assustada. Quando o medo venceu a dor, as lágrimas surgiram incontidas pelas represas abertas dos seus olhos. Nem ao menos entendia por quê.

Por que Sahira e não outra das pessoas que tinha visto morrer ali naquele lugar?

Uma vez, quando criança, tinha chorado profusamente ante a visão de um cão ferido que nunca antes tinha visto. Apenas porque o animal, atropelado por um carro, olhou para ela com olhos incrivelmente assustados...

Olhos de quem não entende por que está morrendo.

Como Sahira.

E nem mesmo estivera ao seu lado. Tinha morrido à noite, sozinha, sem uma mão amiga que a consolasse e a amparasse no transe final. Morta por ter nascido pobre e condenada de antemão, em um país que exigia força onde ela não existia e resistência em meio à precariedade do dia a dia. O fim dos inocentes.

Ou da inocência.

Sua inocência.

Não viu quando Leo chegou ao seu lado, nem de onde tinha saído. Apareceu de repente, segurando-a, impedindo que continuasse a correr sem rumo. Então chegou a alucinação final, o desespero, ultrapassando a fina linha que separa a histeria da calma.

— Não, não... — escutou seu companheiro dizer. — Vamos, Sílvia, acalme-se... Vamos, não, sssh... Respire, está bem? Calma, calma, meu bem...

Primeiro quis se soltar. Não conseguiu. Depois tentou esbofeteá-lo, e ele não deixou que ela tirasse as mãos de dentro daquele abraço apertado. Um segundo antes de se render olhou para ele com raiva, ódio, o sentimento mais desumano da frustração. Somente ao ceder, por completo, de corpo e alma, começou a chorar de novo e se entregou.

Leo a abraçou mais ainda, com força.

— Estava vindo para cá, para te contar — sussurrou ao ouvido dela. — Sinto muito, muito mesmo. Sabíamos que ia morrer, não é verdade? Sabíamos e mesmo assim... Vamos, pode chorar quanto quiser, mas lembre-se de que todos passamos por isso, que nenhum de nós se livra da grande depressão, que cedo ou tarde tocamos fundo, e só então compreendemos melhor o que fazemos e por que estamos aqui, e isso nos permite emergir e trabalhar mais e melhor.

— Do que... você está... falando? — gemeu.

— De que você ainda estava brincando de ser

médica.

Sílvia levantou a cabeça. Entre as lágrimas e a raiva que brotava de novo, viu o rosto sereno de Leo.

— E para que... serve...? Morrem do mesmo jeito!

— Serve, e muito. Sem isto e sem nós morreriam mais. Estamos aqui pelos que se salvam. Por eles, Sílvia!

— Sahira...

— Seja forte — apertou-a contra si. — Justamente por ela você será ainda mais forte, correto? Sahira te deu exatamente aquilo de que você precisava.

Não perguntou o que era.

No fundo, sabia.

○ ○ ◎ ○ ○

Sua mão não tremeu quando começou a escrever a mensagem.

"Querido Arthur, aqui a vida e a morte se misturam. A vida é uma exaltação, e a morte, um canto. Ou talvez seja o oposto. Não estou muito segura. Mas, seja como for, te digo que é a morte que mais e mais nos leva para a vida, e que eu nunca tinha me sentido mais viva do que estou me sentindo hoje. É difícil explicar porque as palavras às vezes não refletem a imensidade dos fatos. As palavras são poucas e surgem nuas, por isso, cada um acaba vestindo-as ao seu gosto, interpretando-as como quiser ou como as sente em sua alma. Se você pudesse ver com os meus olhos, e perceber o resto com os meus outros sentidos, entenderia o que falo. Já não pretendo convencer você de nada. Nem estou querendo exaltar o que fiz ou menosprezar seus argumentos. Agora vejo que fiz o normal, o natural de acordo com minhas crenças e minha maneira de ser, e que não mereço nem o céu nem o inferno por isso. Não sou uma heroína. Tampouco alguém em busca dos sonhos. Sinto-me a mulher que eu sabia que existia dentro de mim e isso é tudo.

Desculpe se te escrevi pouco e mal. Desculpe se continuo me protegendo atrás do meu ranço, como se aquele 'Miss ONG' fosse uma rocha que me impede de ver o sol, as árvores e a vida. Desculpe se tentei deixar passar este verão como se você não existisse. É absurdo e só agora o compreendo. Sei que esta separação vai nos fazer bem. Precisávamos dela para compreender nossos sentimentos. Às vezes, amar não basta. E nós nos amamos. Agora poderemos descobrir que tipo de amor é o nosso e em que direção se move. Um dia, você será um brilhante economista, talvez ministro da Fazenda, e eu uma cirurgiã de renome. São dois caminhos, mas, se existe um elo comum que os una, nosso dever é encontrá-lo.

É difícil para mim estar em contato com você. E não quero receber de volta *e-mails* convencionais e vazios, nem cartas dolorosas. Pode ser que apenas olhar um para o outro seja suficiente para saber todas as respostas para as perguntas que agora nos fazem sofrer.

Fique bem. Cuide-se muito.

Te amo, sinceramente. Sílvia."

Parou de digitar e releu o escrito. Quase apagou o "ministro da Fazenda", mas acabou deixando porque era uma brincadeira que costumavam fazer um com o outro e, afinal, era uma pincelada de distensão no meio daquele alarido de sinceridade.

Levou o cursor até o retângulo onde se lia *Enviar* e desta vez não vacilou, apertou o botão do *mouse*.

Elisabet Roca pôs a cabeça pelo vão da porta, que estava meio aberta, enquanto batia suavemente na porta com os nós dos dedos.

— Posso entrar?

— Claro — Sílvia se aprumou na cama e ficou sentada.

— Não sabia se estava dormindo.

— Não estava.

A mulher ficou parada no meio do bangalô. Não fez menção de se aproximar e sentar no espaço que ficara livre na cama. Olhou-a com jeito maternal, as mãos juntas na frente. Seus olhos destilavam uma ternura dolorosa.

— Você está bem?

— Estou.

— Está bem mesmo?

— De verdade, estou. Não sei o que houve comigo.

— Vou te dizer: você teve um ataque de pânico.

— Não acho que...

— É como um pedágio. Cedo ou tarde explodimos. No seu caso foi por essa menina, e no dos outros... Bom, cada um do seu jeito, às vezes por uma bobagem. O ruim é que costuma surpreender-nos no contrapé, e nos desconcerta.

— Sahira era especial.

— Para você, por algum motivo. Para outro voluntário o ser especial será um ancião que lhe lembrará seu pai, ou uma mulher que, sem saber por que, lhe sacudirá a consciência. Mas ninguém fica imune. Somos humanos.

— É o que me disse o Leo.

— E ele sabe do que fala.

— Ele também...?

— A primeira vez, pouco depois de chegar — disse Elisabet Roca. — Viu morrer uma garota de uns dezessete ou dezoito anos, não sei se era parecida com a noiva que teve ou não. O certo é que perdeu o chão, chorou todas as lágrimas que não tinha chorado quando foi abandonado por ela. Foi o catalisador dele, e todos temos o nosso.

— Você também teve isso?

Elisabet Roca se aproximou e sentou-se ao lado dela, na cama. Segurou uma de suas mãos. Um crepúsculo acinzentado inundava suas pupilas.

— Eu te contei que cheguei aqui com mais ou menos a sua idade, há trinta anos — falou devagar. — E falei que, de imediato, não fiquei. Depois acabei os estudos, me casei, enviuvei... Lembra?

— Lembro.

— Quando meu marido morreu, tão jovem, tão cheio de energia, me pareceu injusto, a coisa mais injusta que podia imaginar. Confesso que voltei para cá para me fechar da vida, para fugir do mundo e escapar da realidade, e também sentindo-me culpada, como se tivesse que pagar um preço pelo direito de continuar respirando, enquanto ele já não estava neste mundo. Durante anos me movi como um autômato, uma sonâmbula perdida. Não sei como não fiquei louca. Achava que ele estava na Espanha, que viria se juntar a mim em poucos dias. A realidade era um golpe tremendo a cada manhã, quando despertava e comprovava que era tudo verdade. Por esse motivo, curar os doentes era uma faca de dois gumes. Curava-os porque não tinha conseguido curar meu marido. Mas não me agradava salvá-los porque não fora capaz de salvar a ele. Percebe? Era uma espiral sem sentido.

— E o que aconteceu?

— Um dia salvei a vida de um homem. Tinha tão escassas possibilidades de sobreviver que... Bem, ainda não sei se foi um milagre, se Deus guiou minha mão ou se fui simplesmente brilhante. A verdade é que consegui. Quando saí da sala de cirurgia, encontrei sua mulher, uma indiana muito bonita, já com três filhos. Jogou-se aos meus pés, chorando, me abraçou, me beijou, me contou que, sem o marido, teria enlouquecido de dor e que teria se matado e também aos filhos.

— Você acha que era verdade?

— Não sei — disse a doutora. — O mais provável é

que não, mas... como saber? Sem o marido eles estariam condenados à pobreza. Essa mulher, pelo visto, não tinha ninguém. Talvez para ela a morte fosse uma solução. Mas não é disso que estou falando.

— Foi o seu catalisador?

— Isso mesmo — apertou-lhe a mão entre as suas. — Nada podia me devolver meu marido, mas tinha devolvido à mulher o dela. A corrente não tinha se quebrado, entende? Se eu tivesse me rendido, esse homem não teria sobrevivido. Se não tivesse me entregado... — fez uma breve e reflexiva pausa antes de acrescentar: — Passei aquela noite chorando. E embora tenha chorado outras vezes, muitas, no dia seguinte comecei realmente a viver, a lutar. Foi um despertar absoluto, meu autêntico Gênesis. Leo teve o dele. E agora, este é o seu. Cada vez que você se sentir frágil, vai se lembrar de Sahira, e em vez de desmoronar, terá mais força para não se render.

Sílvia deixou que o contato com Elisabet Roca a preenchesse e lhe transmitisse a agradável calma daquele bálsamo reparador. Estremeceu.

— Depois...

A mulher não a deixou continuar naquele círculo vicioso.

— Daqui a três dias você irá a Mysore para tratar de um envio de material — lhe disse, levantando-se e soltando-lhe a mão. — Vai fazer bem a você sair daqui por algumas horas e dar um passeio.

O corpo ocupava um espaço mínimo na pira funerária. Envolvido em gaze branca, seu volume era exíguo, parecia um casulo que a natureza tinha deixado cair, por capricho, sobre a madeira empilhada no crematório.

Quando as chamas começaram a devorar os troncos, subindo até o ponto mais alto, foi como se o envolvessem com todo seu amor, dando-lhe o calor que a morte tinha roubado. Chamas vermelhas, móveis e enlouquecidas, que dançavam seguindo uma música própria e singular.

Os poucos presentes pareciam hipnotizados.

Sílvia observou a mãe da menina. Seu rosto mostrava finalmente a paz que a embargava. Sua expressão, apesar de tudo, era doce. A cremação completava qualquer anseio possível uma vez consumada a tragédia. Tinha outros três filhos, e isso lhe dava forças. Era seu compromisso. Três filhos e um quarto a caminho, porque quando entregou o dinheiro para pagar a madeira, tocou o ventre, demonstrando isso.

A vida ia em frente.

— Sahira — disse a mulher.

— E se não for menina? — perguntou, mesmo sabendo que ela não a compreendia.

— Sahira — repetiu com doce certeza.

Acreditou. Aquela era sua força. E a força de um ser humano é o que há de mais poderoso no infinito. Uma força talvez superior, em seu caso, porque seu marido estava longe, trabalhando, e ela suportava o calvário de perder uma filha sem ninguém para ajudá-la. Quando seu esposo voltasse, saberia que sua filha mais velha tinha morrido e que outra estava a caminho.

Extraordinário.

O corpo de Sahira já ardia no alto da pira.

Um furacão ruidoso ensurdecia a todos. A madeira gemia e se transformava em brasa. A melhor madeira que o dinheiro pôde comprar. Uma madeira digna de homens de prestígio. Muito cara para uma mãe sem recursos. Barata para uma ocidental sem problemas. Quase todos os presentes olhavam a mãe da morta, perguntando-se como a conseguira. E ela, quando não olhava para sua filha, olhava para Sílvia.

Cúmplices.

A cerimônia continuou no ritmo de seu protagonista, o fogo.

Até que não sobrasse rasto do cadáver, a mãe não sairia dali. Depois lhe entregariam as cinzas, que o rio se encarregaria de levar muito, muito longe.

CAPÍTULO DOZE

Saíram do RHT antes do amanhecer, para aproveitar o dia ao máximo. Até Mysore eram pelo menos cinco horas, dependendo sempre do que pudessem encontrar no caminho, uma estrada interrompida, um acidente que tomasse um tempo valioso, qualquer contratempo inesperado. Na Índia as distâncias não eram contadas em quilômetros, mas em horas. Retirar os materiais que esperavam no aeroporto também não dependia dela, mas da burocracia responsável. Por fim, a volta, desde que conseguissem completá-la durante o dia, seriam outras cinco horas. E não estava a passeio.

O trajeto foi muito bonito, diferente da primeira vez. Pôde apreciar melhor todos os detalhes incríveis, quilômetro a quilômetro, atravessando terras despovoadas e terras exuberantes, campos com plantação de amendoim, de um verde suave, e de canela, sob um céu azul lavado. Homens e mulheres, meninos e meninas trabalhavam nos campos, agachados, numa posição impossível para um ocidental, mas cômoda para eles, que a utilizavam há centenas de anos. Havia gente dormindo a qualquer hora debaixo de coberturas de ramagens, nos "hotéis" improvisados do caminho, simples barracas que, postas em um lugar mais elevado, eram a varanda de um poente ou uma cama rústica protegida do sol. Ao passar por cima do rio, chegou a ver algo que parecia um sári sobre a água, mas depois percebeu que era um cadáver, alguém cuja família não tinha conseguido custear a cremação devido ao preço da madeira. Confiavam o corpo ao rio para que ele o purificasse, santificasse e levasse para o mar. Nas margens, o ritual do banho purificador era um espetáculo sobre as águas escuras. Cada pessoa submergia várias vezes, rezava, lavava-se com sabão... Às vezes flutuavam lamparinas testemunhais.

Mysore era outra grande cidade, tinha percebido no dia de sua chegada, vinda de Bombaim, embora naquele dia não tivesse visto quase nada, pois o tempo tinha sido pouco, mas estava muito longe de ter o colorido e a densidade humana da grande Porta da Índia. Era uma urbe muito menos gigantesca, com um toque humano, jardins e avenidas, cor e calor. A presença de vacas nas vias públicas era muito mais evidente. Mas este não era o detalhe mais extraordinário. Impressionou-se ao ver, pela primeira vez, um jainista. Andava nu dos pés à cabeça, fazendo oscilar o corpo frágil e o longo cabelo branco, agitando um pequeno espanador diante do seu sexo, para espantar as moscas. Não podiam lhe fazer qualquer dano. Em outra rua viu um homem vítima de elefantíase. Seu pé direito parecia um tronco de árvore. Mulheres com sáris preciosos e adornos de ouro nos braços e no corpo se misturavam a outras menos agraciadas pela fortuna. O mesmo podia ser observado em relação aos homens. A mistura era heterogênea. Foi seduzida pelos mercados, onde se vendia de tudo, sempre com meia dúzia de crianças ao seu redor, à espera de doces ou dinheiro. As frutas eram exuberantes. Os pontos de venda de tinturas estalavam de tão coloridos. As ruas estreitas transbordavam de atividade com os vendedores de bananas e jasmins, com os peregrinos, os oleiros, os brâmanes e os mendigos coabitando sem problemas. Os pontos de venda de tecidos foram um chamariz para ela. Comprou seu primeiro sári, feliz como uma menina.

A funcionária lhe ensinou a vesti-lo. Quando se olhou no espelho, sentiu-se outra mulher, diferente, perfumada com essências indianas. Estava uma beleza.

Ari, seu motorista e acompanhante, ria.

— *Good, beautiful, pretty* — repetia em seu péssimo inglês, concordando com a cabeça.

Sílvia escutou alguém falando espanhol. Virou a cabeça e viu o clássico grupo comandado por uma guia com a bandeirinha levantada. Quase parou para dar uma de turista novata e dizer-lhes que também era espanhola. Parou a tempo. Como bons exemplos pátrios, falavam aos gritos.

— Que miséria! Não me diga!

— E tudo tão sujo!

— Não sei como podem viver assim!

— Eu é que não ponho a mão em nada, posso pegar alguma coisa.

— Quando vamos fazer compras?

Sentiu-se furiosa. Mais do que isso, raivosa. Que esperavam da Índia? Como viajavam sem saber aonde iam? Felizmente nem todos do grupo eram ignorantes e estúpidos. Uma companheira mostrou às escandalosas uma enorme antena parabólica no teto de uma das casas que, segundo elas, era miserável.

— Não é que sejam pobres. Não aqui, pelo menos. Eles vivem assim. Esta antena custa muito dinheiro. Como podemos criticar sua forma de vida? Só porque é diferente da nossa e não a entendemos?

As gritonas não ficaram muito convencidas. Pouco lhes importava a cultura, saber, aprender, conhecer. Estavam de férias e queriam ir fazer compras. Esse era o sentido de sua viagem a milhares de quilômetros de suas casas. Foram rua abaixo, vestidas com suas horripilantes roupas turísticas, observando tudo com seu olho crítico.

Sílvia não perdeu mais tempo.

Os trâmites no aeroporto foram surpreendentemente rápidos.

— Vamos conseguir voltar com a luz do dia — disse a Ari.

O motorista sorria exageradamente cada vez que ela se dirigia a ele.

— Está certo, Sorriso. Andando — bateu no ombro dele soltando um suspiro de felicidade.

Cochilava há algum tempo, apesar de sua intenção de aguentar e não se deixar dominar pela sonolência, pois queria aproveitar a paisagem sempre mutável da estrada, quando Ari a chamou.

— *Lady, lady... Oh, lady*!

Atendendo aos chamados, abriu os olhos. Há algum tempo já tinham saído da rota principal, e o terreno lhe pareceu familiar, considerou que a distância que os separava de seu destino seria mínima. Teriam apenas uma hora de luz do sol pela frente.

O grupo que interrompia o caminho era formado por quase uma dúzia de homens.

E não eram amigáveis.

Acordou de uma vez. Uma mão invisível lhe atingiu a consciência. Levavam uma carga preciosa e cara de remédios, material médico, utensílios que, talvez, no mercado negro valesse muito dinheiro. Ninguém tinha falado de assaltantes. Era uma grande surpresa. Mas agora isso já não importava.

— Não pare, Ari — pensou em dizer.

O motorista já estava reduzindo a velocidade.

— *Don't stop* — pediu-lhe.

Deparou com os olhos suplicantes de seu condutor. Não era um herói. Nem ela, uma heroína. Os homens parados mais à frente não se mexiam. À medida que o quatro por quatro com a parte traseira convertida em camioneta para levar carga diminuiu a velocidade, outros homens apareceram de ambos os lados do arvoredo e subiram nas laterais.

Sílvia se encolheu no assento.

O lugar era perfeito, uma curva do caminho de onde se avistavam as duas retas, a anterior e a posterior.

Nenhum veículo passava por ali naquele momento. E não havia ninguém por perto. Talvez os próprios assaltantes tivessem afastado as pessoas, ou talvez não, mas isso pouco importava agora.

Ari parou o carro.

Tinha os olhos esbugalhados, parecia que as pupilas iam saltar para fora.

— Calma — disse.

Tinha dezenove anos, era uma mulher e estrangeira. E dizia a ele que ficasse calmo.

Um dos homens pôs a cabeça pela janela do motorista. Falou com Ari, ignorando-a. Mostrou-lhe um desvio, a menos de dez metros, à esquerda, antes de chegar à barreira humana do caminho.

Ari dirigiu um olhar suplicante a Sílvia.

— Tudo bem — concordou. — *C'mon*.

Em baixa velocidade, o veículo saiu da rota e foi aos solavancos por um caminho irregular e estreito, cercado pelos homens. Não rodaram muito, menos de vinte metros depois, a salvo de olhares curiosos vindos da rodovia, mandaram Ari desligar o motor.

Fez-se um silêncio espantoso.

Não queria morrer ali. Não queria dar razão ao seu pai. Não queria que encontrassem seu corpo dias depois, destroçado a facadas e comido por animais, e depois enviado em um caixão para a Espanha. Não queria que os jornais dissessem que uma voluntária tinha sido assassinada impunemente por sujeitos desesperados.

Sentiu-se furiosa.

E não queria perder para os ladrões o material tão necessário ao hospital.

Um dos homens, o que parecia o chefe, abriu a porta do seu lado.

— *Down*! — gritou para ela.

Não teve outra saída, obedeceu, descendo.

Ari foi para a frente do carro, com as mãos para cima, como se estivesse sob a mira de uma pistola. As únicas armas à vista eram grandes facas, machetes. Seus olhos continuavam arregalados, contrastando com a impassibilidade dos assaltantes. Sílvia não se juntou a ele, foi para a parte de trás. A cena, de repente, pareceu congelada. Os intrusos não saqueavam a carga. Esperavam.

Quando os dois primeiros subiram na carroceria, ela soltou um grito.

— Não!

Os homens pararam, olharam para o chefe da operação. Talvez aquela palavra, depois de anos e anos de submissão, ainda tivesse algum efeito sobre eles. Sílvia repetiu.

— Não!

Esticou os braços, apoiando-os na parte de trás da camioneta, na porta traseira que servia para subir e descer a carga.

Então um deles riu.

E os outros, saindo da catarse, o imitaram.

— O hospital precisa dessas coisas! — repetiu em inglês, enfatizando a palavra "hospital".

Falaram alguma coisa entre si. Só isso. Os dois que estavam em cima agarraram a primeira caixa.

— Não estão entendendo? Este material é para tratar de vocês, suas esposas e filhos! Não podem levar!

Dirigiu-se ao que parecia ser o chefe. Homem de estatura mediana, magro, maçãs do rosto salientes e o cabelo em ponta. Suas pernas estavam ligeiramente arqueadas e tinha os pés muito grandes, quase desproporcionais em relação ao corpo. Talvez nunca tivesse usado sapatos. Vestia uma saia amarrada atrás, transformada em calça, e usava uma jaqueta velha por cima.

Quis tirá-la dali.

Naquele momento escutou uma voz falando em péssimo inglês.

— Mulher diz que isto remédios.

Todos olharam para o que tinha falado. Destacava-se dos outros pela obesidade evidente em relação aos outros. Deu alguns passos para se dirigir ao chefe.

Começaram uma discussão em sua língua.

Sílvia não perdeu tempo. Quase nem respirava ante aquela oportunidade inesperada.

— Fale para ele que isto é importante para o hospital, por favor. São medicamentos para salvar crianças.

A discussão continuou um pouco mais. O chefe do grupo falava com voz seca. O outro, mais descontraído. Voltaram os olhos para ela.

— Fala tu americana, sempre todos lugares, ruim pessoa.

— Sou espanhola! — gritou. — Espanha! *Spain*! — e continuou em inglês: — Vim para cá para tratar de crianças indianas! Por Deus! Estão loucos?

O resto aconteceu muito rápido.

O chefe do grupo deu uma ordem aos que estavam em cima. Pegaram outra vez a primeira caixa, e os outros rodearam o veículo para ajudar na descarga. Sílvia viu que era loucura, que não era mais do que uma garota recém-saída da adolescência, enfrentando um bando de desconhecidos no meio de qualquer lugar. Mas mesmo assim reagiu.

Tornou a gritar e se pôs na frente deles com os braços abertos, com tanta raiva como quando, na infância, alguém tomava dela um brinquedo e brigava por ele.

— Não!

Quando o homem que dirigia a operação deu um passo para ela e levantou o machete, fechou os olhos e urinou na roupa.

∘○○○∘

Esperou o golpe. Mas não veio. Em vez disso, escutou outra vez as risadas, agora mais fortes, barulhentas. Compreendeu tudo quando reabriu os olhos e viu a cena. Inclusive o chefe zombava de suas calças manchadas de xixi.

Não sentiu vergonha.

Apenas aproveitou sua última oportunidade.

— Este material é para o RHT, fale para ele, por favor — pediu ao tradutor improvisado.

Não precisou de mais nada. A palavra-chave foi aquela: RHT.

Rural Hospital Trust.

O chefe levantou a mão e paralisou a ação dos outros.

— RHT? — perguntou em um inglês gutural.

Uma oportunidade.

— RHT! *Yes! Hospital! You know?* — procurou a cumplicidade do único que a entendia um pouco e continuou em inglês, porém devagar, mas igualmente firme. — Devem conhecer a doutora Roca! E o doutor Giner! São os médicos! Eles tratam de vocês! RHT! RHT!

A discussão entre eles agora foi longa. Sílvia se sentia incomodada, molhada, mas não se movia do lugar. Ari continuava com os braços para cima, na frente do carro, sem que ninguém prestasse a menor atenção a ele. Olhava para ela com cara de dor de estômago, achando que estava louca.

E devia estar mesmo, mas era tarde para voltar atrás. Tentou decifrar o sentido da conversa pelo tom das palavras, mas foi impossível. Então tirou do bolso o dinheiro que tinha com ela.

— Podem ficar com isto — disse.

O chefe do grupo encerrou a disputa. O outro homem e ele se puseram na frente de Sílvia. Nenhum dos dois tocou no dinheiro, embora olhassem para ele.

A pergunta seguinte a desconcertou.
— Conhece irmã Sílvia?
Piscou repetidamente, sem entender nada.
— Sílvia? — disse. — Eu me chamo Sílvia.
— Irmã Sílvia, do RHT?

Não entendeu a história de "irmã", mas a palavra não deixava dúvidas, mesmo com o inglês ruim: *sister*.
— Sou... eu.
— Tu és irmã Sílvia que paga madeira para Chandaben?

A mãe de Sahira!

O sangue disparou em suas veias. Sentiu um zumbido nas têmporas.
— Sou — afirmou.

O tradutor e o cabecilha se olharam pela última vez. E não deu outra. O chefe do grupo estendeu a mão e pegou o dinheiro que ela ainda segurava. Levantou a voz para dar uma ordem, e saltaram da carroceria. Antes de sumir na vegetação, ele fez a saudação indiana típica, inclinando a cabeça sobre as mãos unidas pelas palmas.

Sua última palavra foi traduzida pelo homem que a tinha ajudado.
— Diz que desculpe.

Sílvia não abriu a boca.

A última coisa que o homem fez antes de que todos desaparecessem foi pegar a lanterna no porta-luvas da porta do veículo, ainda aberta de par em par.

Elisabet Roca insistiu em examiná-la de cima abaixo, começando pelo pulso.

— Estou bem, de verdade. Não aconteceu nada.

— Porque você ainda não relaxou — preveniu-a. — Pode ser que no meio da noite você acorde com o coração acelerado e aos gritos. Quer isso?

— Ari exagerou.

— Ari exagera sempre, mas o que aconteceu foi real. Desta vez...

Tinham chegado ao hospital a cem por hora, como se estivessem sendo perseguidos pelas hordas do massacre de Amritsar. Sílvia não conseguiu impedir que Ari pisasse fundo no acelerador, nem mesmo nas imediações do RHT. De acordo com o motorista, "um exército" de foras da lei tinha tentado roubar o material, mas ela, "enfrentando a todos", conseguiu detê-los.

Ou seja, apesar de tudo, era uma heroína.

Elisabet Roca tremia.

— Fique calma — pediu Sílvia.

A doutora parou um momento. Encheu os pulmões de ar e, enquanto o expulsava de volta, levantou-se e abraçou-a com todo carinho. A mulher correspondeu ao gesto inesperado. As duas ficaram abraçadas, juntas, em paz.

— Se alguma coisa tivesse acontecido com você... — sussurrou Elisabet Roca.

— Não estamos em um cruzeiro em viagem pelo

Mediterrâneo.

— Está certo, mas...

Já não a tratava como uma voluntária, mas como uma filha. A filha que nunca tivera. Sílvia compreendeu logo e então a abraçou ainda mais... Temeu cair em uma choradeira, vítima do nervosismo, mas se conteve. Quando se separaram, seus olhos se encontraram de outra maneira.

— Sinto muito — disse a doutora.

— E o que é uma viagem sem ter o que contar? — ela quis brincar.

— São boas pessoas, o que aconteceu é muito estranho. Que alguém roube... Mas se um grupo de homens faz isso é porque as coisas vão mal. E isso também me preocupa. Provavelmente alguém viu você com a carga e avisou que uma ocidental passaria por essa zona. Não sabiam que era material para o hospital. O extraordinário é que, ao saberem, desistiram, e mais ainda é que seu gesto com essa menina já seja conhecido.

— Me chamou irmã Sílvia.

— Muitos acreditam que somos religiosos.

— Freiras?

— É.

— Bem, já passou. Agora o que preciso é dormir oito horas, não por causa do susto, mas pelo trajeto de ida e volta.

— De acordo — Elisabet Roca lhe acariciou o rosto. — Vá, pode ir.

Sílvia se aproximou e lhe deu um beijo na bochecha.

— Obrigada — sussurrou ao seu ouvido.

Foi suficiente.

○ ○ ◯ ○ ○

Leo esperava por ela na porta do bangalô. Estava sentado no degrau, aparentemente tranquilo. Sílvia percebeu que ele fingia uma despreocupação que seus olhos traíam. Sentou-se ao seu lado esperando que ele rompesse o silêncio.

Demorou a fazê-lo.

— Que mau bocado, hein?

— Invejoso — brincou. — De uma coisa que acontece aqui e não foi com você.

— Se fosse comigo, teriam me cortado em pedacinhos.

— E por que você pensa que não fizeram isso comigo?

— Ninguém estraga uma coisa bonita.

— Obrigada.

— Não há de quê.

Tinham quebrado o primeiro gelo, ou a primeira tensão. Sílvia sentiu os olhos de seu companheiro. Esquadrinhavam seu interior.

— Agora, falando sério, como você está? — ele se rendeu.

— Bem, não aconteceu nada.

— Não é isso que diz o Ari.

— Exagerado. Deve estar contando a história para

todo mundo, e acrescentando novos detalhes cada vez que conta, quer apostar? Em um mês eu sozinha terei lutado contra cem homens, como se fosse Uma Thurman em *Kill Bill*[7].

— Eu é que devia ter ido buscar essa carga.

— A doutora Roca achou que me faria bem ficar fora um dia.

— Eu sei.

— Não esquente a cabeça com isso agora, tá bom? Ela está bastante nervosa.

— É para estar mesmo. Você sabe que em muitos lugares a mulher não vale nada.

— Deixe para lá, Leo...

Esteve a ponto de abraçá-lo também, como tinha feito com Elisabet Roca. Conteve-se. Olharam-se de novo e então ela sentiu aquele ataque de pânico, um estalo emocional que a fez levantar-se.

— Estou esgotada — disse com preguiça. — Promete que amanhã não vamos mais falar disso?

— Fique descansada.

Quando ela entrou no bangalô, ele continuou sentado no degrau, como se fosse passar toda a noite ali.

---

7 Filme norte-americano no qual Beatrix Kiddo, interpretada por Uma Thurman, luta sozinha contra seus ex-parceiros.

CAPÍTULO TREZE

Os quatorze mandamentos do bom voluntário eram uma espécie de declaração de princípios. Não eram um dogma de fé, mas quase. Achou-os navegando na internet em Barcelona e copiou-os junto com a história da cooperação internacional. A palavra utilizada inicialmente tinha sido internacionalistas, com base no conflito da Nicarágua nos anos oitenta. Depois foi aceito o termo que acabou ficando em definitivo.

O incidente na rodovia a obrigou a ler aqueles mandamentos mais uma vez.

Fazer deles os seus mandamentos.

Especialmente na primeira noite, quando acordou empapada de suor, vítima de um pesadelo, e soube que Elisabet Roca tinha razão: o susto ainda estava dentro dela, e precisava jogá-lo para fora.

O primeiro era: "Deixarás para a contraparte local a tarefa de protagonizar o projeto". Equivalia a dizer que a cooperação só deveria assumir o que as entidades e as pessoas locais não pudessem realizar; e que o voluntário deveria assessorar, sugerir e propor, nunca decidir. O segundo proclamava: "Estimularás a autoestima na contraparte local", porque um voluntário devia dar o devido valor àquilo que já existia e fazer com que os ajudados se sentissem importantes e necessários, não pobres e estúpidos. O terceiro tinha ares de máxima: "Não deves ajudar quem não ajuda a si mesmo". A cooperação deveria ser um encontro de esforços e uma soma de vontades. O quarto baseava na simplicidade sua grande importância: "Cooperarás, não farás doações". O quinto dizia: "Atenderás ao processo: é o fundamental", para estudar, dessa forma, a disposição e a capacidade da comunidade ajudada com vistas a atingir novos objetivos. O sexto era seu favorito: "Compreenderás a cultura local". O sétimo advertia: "Evitarás o nortecentrismo em tuas análises e tua conduta". O oitavo era taxativo: "Não farás imposições, mas não aceitarás tudo". O nono recordava: "Não te enganes: o poder está desigualmente repartido". O décimo dizia: "Serás ponte: traduzirás as duas lógicas". O décimo primeiro insistia: "Coordenarás teu projeto com o de outros". Porque era preciso compartilhar, não competir. O décimo segundo era sem dúvida o mais difícil para muitos: "Aceitarás que a meta não é ser querido pelos pobres". O décimo terceiro, por outro lado, suavizava o anterior: "Descobrirás que cooperar é aprender", porque na cooperação também havia muito de intercâmbio, e era possível receber mais do que se dava se a pessoa tivesse os poros abertos, a mente clara, o coração descontaminado. O último mandamento fechava a grande lição de humanidade: "Convence-te de que a finalidade da cooperação é desaparecer".

Não eram fáceis de seguir ao pé da letra.

E o resumo de todos eles quase podia ser aquela frase paradigmática: "O importante não é o que se dá, mas o como se dá".

Teve um dia de trabalho normal, ajudou a doutora

Roca na recepção de novos pacientes, visitou os internados, sentiu saudades de Lorenzo Giner, que estava há muitos dias nos outros centros médicos, sem aparecer pelo RHT, e já teria esquecido o incidente se não fosse porque Ari tinha contado a todo mundo o acontecido, o que fazia as pessoas olharem para ela com interesse, cochichando à sua passagem.

Elisabet Roca não quis fazer a denúncia à polícia local. Eles já tinham noção dos fatos pelo falatório e, além disso, estavam muito longe.

À tarde Sílvia viu Pankaj na porta do hospital e soube que ele procurava por ela.

O criado de Mahendra não se alongou muito.

— Meu senhor quer que você vá a Pashbar no começo da noite, por favor.

Não perguntou o motivo. Sabia que, mesmo que ele estivesse por dentro do assunto, não falaria nada.

Saiu do hospital um pouco mais tarde do que costumava, por causa de uma complicação de última hora. Em geral, quando lhe dava vontade, ia a Pashbar fazendo um passeio. Dessa vez, e por causa da hora, utilizou a velha bicicleta de uso comum. Ao chegar ao velho palácio, Pankaj estava na porta.

Esperando por ela.

— Está acontecendo alguma coisa? — estranhou Sílvia.

— Ele vai dizer — limitou-se a responder o circunspecto assistente.

Deixou a bicicleta na entrada e seguiu-o. Também era a primeira vez que Pankaj ia na frente dela e a guiava. Entraram na casa e não pararam até chegar a uma das salas do térreo. Uma vez na porta o criado parou e inclinou a cabeça para deixá-la passar.

Sílvia atravessou sozinha a soleira da porta.

O que viu do outro lado a surpreendeu e desconcertou de uma forma fulminante.

Porque era o que menos esperava encontrar ali.

Cinco homens do assalto ao seu carro no dia anterior, entre eles o chefe do grupo e o que tinha atuado como tradutor improvisado.

Ficou paralisada.

— Entre, Sílvia — pediu Mahendra.

O dono da casa estava sentado. Os cinco homens em pé, muito juntos, como se lhes faltasse espaço. A cena parecia irreal, um quadro antigo, reminiscência de um passado que ela só conhecia em filmes vistos pela TV na infância. Mahendra estava vestido com mais elegância e dignidade do que de outras vezes, embora sempre estivesse impecável. Seu aspecto era o de um jovem marajá, inclusive por um vistoso colar com um grande broche no peito.

Deu alguns passos. Parou mais perto de Mahendra do que deles. Começou a perceber a situação quando reparou no detalhe de que os ladrões do dia anterior evitavam olhar para ela. Inclusive o chefe tinha os olhos postos no chão, embora de vez em quando olhasse dissimuladamente para quem dirigia aquela estranha reunião.

— Que estou fazendo aqui? — perguntou a Mahendra.

Seu anfitrião moveu a mão em direção ao grupo.

— São eles? — limitou-se a perguntar.

Sílvia olhou-os. Podia sentir seu medo, como uma segunda camada de pele, uma energia que se expandia até ela.

— Para que você quer saber?

— Diga-me — insistiu Mahendra em seu inglês pausado, sem qualquer marca de outra coisa que não fosse calma na voz. — Você os reconhece?

— Que vai fazer se forem eles? — quis saber.

Para Mahendra a pergunta foi obsoleta. Levantou uma sobrancelha surpreso.

— Ainda pergunta?

— Sim.

— Assaltaram você.

— Diga-me o que vai fazer se forem eles.

— Castigá-los.

— E você pode? — franziu a testa.

— Posso.

Sentiu-se como se tivesse recebido bofetadas, não fortes, apenas reveladoras. Um despertar súbito para a realidade da qual nunca conseguia escapar, embora às vezes se sentisse à margem dela.

— Então não, não são eles — disse com firmeza.

O único dos homens que sabia alguma coisa de

inglês, o tradutor, levantou a cabeça para olhar para ela.

Cochichou alguma coisa em voz muito baixa com o chefe do grupo e este o imitou. Os outros três continuavam assustados.

— Não entendo você — mostrou surpresa Mahendra.

— Você não é a lei.

— Mas eu posso...

— Aqui é a Índia, eu sei — Sílvia fez um gesto de cansaço e se lembrou dos quatorze mandamentos sem saber muito bem onde se encaixava aquilo. — Mas a minha justiça não é a sua justiça, portanto é minha palavra, e você tem que acreditar nela: não são eles.

Sabia que ele não acreditava. Mas tinha sua honra, seu código. Mahendra olhou para os cinco homens com desprezo. E depois, com tristeza. Uma mudança que só ela percebeu. A reação final foi rápida.

— Pankaj! — chamou.

O criado devia estar no outro lado da porta. Entrou no aposento para receber aquela ordem.

— Leve-os daqui! — disse Mahendra. — Podem ir!

Os cinco homens deixaram a sala tão juntos como estavam antes, inclinando a cabeça ao passar diante de seu juiz, enquanto uniam as mãos em sinal de respeito. O chefe e o tradutor foram os únicos que se atreveram a olhar para Sílvia ainda uma vez. Quando sumiram de sua vista ela pareceu querer ir também.

Mahendra a impediu.

Não foi uma ordem como a anterior, o tom era muito mais de súplica do que de exigência, e tinha um quê de necessidade muito forte, obsessivo. No entanto, a palavra ficou revestida de matizes contraditórios quando soou com força emotiva dentro da sala:

— Fique.

○○◉○○

Mahendra levantou-se e caminhou até ela. Estava impressionante, mas já não era o homem jovem e atrativo que a impactava com sua cultura, sua forma de falar, sua lenda ou sua dor de amante viúvo solitário. De repente era o príncipe oculto, o homem que superava a fascinação em honra do poder, a pessoa que tinha estado a ponto de se converter no juiz de sua causa.

Um estranho.

Aproximou-se daqueles olhos cristalinos, sempre vermelhos e brilhantes. Viu neles a cintilação de tantas coisas que não soube com qual ficar. Mahendra também leu os pensamentos dela, e os traduziu em palavras.

— Não entendo você — disse.

— Nem eu a você.

— Quase roubaram você, podiam tê-la ferido.

— Você não consegue perceber que se um grupo de homens tenta roubar algo o faz por necessidade?

— Roubar não é solução.

— E passar fome? Quanto dinheiro você tem, Mahendra?

— Não sou rico.

— Mas você tem dinheiro, mais do que essa gente terá em toda sua vida, com certeza.

— Quer que eu seja bom e reparta o que tenho com os pobres? E depois, o quê? Sempre haverá mais pobres. O importante é criar trabalho, dar-lhes meios.

— E você dá?

— Dou.

Sustentou o olhar. Não sabia se acreditava, nem como fazer isso.

— Você não me conhece — disse Mahendra. — Gostaria que conhecesse.

— Quanto maior é a desigualdade entre as pessoas, mais cresce a indiferença no coração de uns e a raiva e o desespero no dos outros. Em muitos países eclodiram guerras e revoluções por causa disso, não se esqueça.

— Mas não aqui.

— Aqui é a Índia, eu sei — fez um gesto de cansaço. — Aqui vocês têm castas, e isso os protege uns dos outros. O rico pode caminhar pela rua junto do pobre, e nada acontece. Mas, de vez em quando, alguém não suporta, sabe? De onde são esses homens?

— De um povoado vizinho, Pergabar.

— E o que acontece lá?

— Foi construída uma rodovia e uma pequena represa. Seu ecossistema se desequilibrou.

— Deus... — suspirou Sílvia. — A eterna história.

— Estamos estudando alternativas.

— Quem?

— Minhas empresas.

Sentiu-se esgotada. *As mil e uma noites* se transformavam em uma única realidade.

— Mahendra, há um mundo lá fora — disse devagar. — Um mundo que você não conhece, exceto pelos jornais ou pela internet, que você não vai consertar com suas empresas se você não o vê com seus próprios olhos, por mais que saiba da existência dele. Que pensa que estou fazendo aqui? Devia sair desta casa e de suas recordações. Sair e viajar, viver.

— Você viria comigo?

— Como é? — expôs o impacto.

— Você é minha amiga. Leve-me. Vamos juntos.

— Oh, Deus! — levou a mão ao rosto. — Do que está falando? Pensa que é tão simples? Não posso!

— Por quê?

— Você não entende, não é mesmo? Tenho meu trabalho aqui, e meus estudos na Espanha, e minha própria vida.

— Então esse mundo não me interessa.

— Mahendra!

Viu-se frente a uma criança. De repente. Uma criança grande, talvez assustada. Talvez tão distante da realidade que lhe era impossível voltar a ela. Um menino que vivia tão prisioneiro de Pashbar como o último imperador da China tinha vivido prisioneiro de sua cidade proibida, sem saber de nada do que acontecia do outro lado dos muros.

E falava sério. Propunha... viver sua própria fantasia.

— Vou embora — se rendeu Sílvia.

— Fique, estamos conversando.
— Hoje não consigo falar, desculpe. Estou com a cabeça exausta.
— Vou dizer a Pankaj que acompanhe você ao hospital.
— Por quê? Posso ir sozinha.
— Diga-me apenas se eram eles. Prometo que não farei nada.

Não respondeu. Foi um último olhar de resignação e esgotamento. Deu meia volta e se encaminhou para a porta, deixando-o ali, sozinho, onipresente, no meio da sala.

De todo Pashbar.

Naquela noite fez a pergunta que lhe queimava a alma.
— Por que o doutor Giner está sem aparecer há tantos dias?

Elisabet Roca quase parou de mastigar.
— Deve ter trabalho. Está sempre indo de um lado para outro.
— Pois eu acho que ele não quer vir.
— Sílvia...
— De verdade! O que o olho não vê o coração não sente.
— Era só o que faltava — o suspiro da doutora Roca foi longo e demorado. — Você levou tão a sério seu papel de

voluntária que quer consertar tudo, até a vida dos outros.

— Vocês são bem parecidos.

— Como assim?

— Você sente alguma coisa por ele, mas o mantém a distância porque tem medo.

— Todos temos medo diante do amor — mudou o tom e reagiu irritada. — E que história é essa de que eu também sinto alguma coisa por ele. Gosto muito dele, é claro, é um grande homem! Mas nem por isso vou perder o juízo como uma adolescente! Para você isso pode parecer muito romântico — abarcou o RHT com os braços abertos —, mas nós ficaremos aqui quando você for embora, e é muito diferente.

— A única coisa que eu sei é que a gente percebe o amor quando ele existe.

— Os outros percebem. Muitas vezes quem devia perceber está cego.

— Então, você admite.

— Eu não admito nada — voltou para ela um olhar frio. — Eu me meto com você, querida?

— Você pode se meter.

— Ah, é? Olhe, melhor não provocar.

— Mas, se eu estou aqui tão tranquila.

— Tranquila? — reagiu no mesmo instante, combativa. — Acabei de falar de cegueira e você nem percebeu.

— Eu? Perceber o quê?

— Leo.

Ficou pálida e, no mesmo instante, corou. Seu rosto

parecia uma máscara vermelha.

— Leo? — reagiu, intensa. — Somos amigos!

— Sei! Como Lorenzo Giner e eu.

— Isso não é verdade. O doutor Giner está apaixonado.

— E como você sabe que o Leo não está apaixonado por você?

— Porque uma garota percebe essas coisas.

— E se ele é muito bom e sabe o que fazer para não se trair?

Ficou sem fala por um momento. Pela sua lembrança passaram imagens, cenas, as últimas conversas com Leo, suas últimas discussões ou risos, cada olhar, cada toque. E se lembrou do dia em que ele lhe disse que não iam gostar um do outro, que seriam amigos.

— Não! — assustou-se de verdade.

— Que medo é esse?

— Não é a mesma coisa.

— Por quê? Porque Lorenzo e eu ficaremos aqui e vocês vão embora?

— É, não... Não sei.

— Aí está — Elisabet Roca continuou comendo. — Em todo caso, tome cuidado para não feri-lo, certo, arrebenta-coração?

— Isso não é justo — protestou ainda paralisada.

A mulher piscou um olho para ela. Cada vez mais pareciam mãe e filha. Em todos os sentidos.

— Se a vida fosse justa, não seríamos necessários — disse, com um gesto de resignação.

Viji apareceu suando por causa do esforço, tinha andado atrás dela. Foi a primeira coisa que disse.

— Onde você anda? Não encontrava.

— Que aconteceu?

— Alguém quer ver você.

— Quem?

— Não sei. Alguém. Homem.

Não voltou a perguntar. Deixou o estetoscópio com que examinava o pulso e passou um pano na testa para secar o pegajoso suor daquele dia de trabalho. Viji andava a passos largos, movendo-se com aquela estranha soltura que a fazia ir de um lado para o outro por causa da perna. Andaram quietas, até saírem do hospital.

A visita esperava sob uma árvore, perto da rodovia.

— Ele — mostrou a jovem.

Sílvia o reconheceu no mesmo instante. Estava com a mesma roupa das duas vezes anteriores, a do assalto e a do encontro na casa de Mahendra.

O chefe do grupo na estrada.

Vacilou um momento, sem saber o que fazer. Logo percebeu que era tolice temer alguma coisa, em plena luz do dia, tão perto do centro médico. Além disso, o homem reparou nela e baixou a cabeça em claro sinal de respeito. Levava alguma coisa na cintura, entre a roupa e a carne.

— Venha comigo — pediu a Viji.

Caminhou até o homem. Quando chegou perto,

ele juntou as mãos e a cumprimentou com formalidade. Sílvia não correspondeu ao seu gesto. Continuava sem entender nada.

Nem precisou dizer a Viji para lhe perguntar o motivo da visita. Logo depois da saudação, o homem se ajoelhou e tirou da cintura o objeto que trazia.

A lanterna.

De cabeça baixa, ajoelhado, levantou as mãos para devolvê-la.

Sílvia engoliu em seco.

Pegou a lanterna das mãos do homem. Era só o que podia fazer. Quando ele a entregou, pôs a mão direita em outra dobra da roupa.

E entregou-lhe o dinheiro do assalto, aquele que ela mesma tinha lhe dado para que não levasse os remédios.

Pronunciou uma só palavra.

— Diz obrigado — traduziu Viji.

A cena agora estava congelada.

— Diga-lhe que fique com o dinheiro, para sua gente.

Viji franziu a testa. Deve ter achado que era muito.

— Fale — ordenou Sílvia.

Obedeceu. O homem levantou a cabeça com o rosto marcado pela dúvida. Então a moveu de um lado para o outro.

— Diz não.

— Diga-lhe que não roube nunca mais. Que venha aqui ou vá até o escritório da fundação e peça o que precisarem, um microcrédito, o que for. Mas que não volte a roubar.

Não esperou que Viji terminasse de dizer tudo, nem a resposta do visitante. Com a lanterna na mão, sem saber se tinha feito bem ou não em renunciar àquele dinheiro, sem saber se tinha interpretado corretamente os mandamentos do voluntário, nem se tinha dado uma lição no homem ou se tinha se comportado como uma ingênua. Deu meia volta e retornou ao hospital.

A Índia era exageradamente intensa para ser assimilada em um verão.

Mas, a cada dia, sabia alguma coisa mais.

E o fundamental: que a levava no coração.

Tanto que seria capaz de voltar no verão seguinte, e no outro, e...

— Papai?

— Sílvia!

Estava tremendo, mas era o momento. Se havia alguma coisa em que ela confiava era em sua intuição, seu sexto sentido. Faltava-lhe menos de um terço de seu tempo antes da volta. Um ápice.

Por isso não podia fazer como um avestruz e esconder a cabeça debaixo da terra. Com Arthur era diferente, porque era seu futuro que estava em jogo, a felicidade dos dois. Mas não com seu pai.

Ele sempre seria seu pai.

— Tudo bem? — perguntou exatamente do mesmo jeito que perguntaria se estivesse em Costa Brava e o chamasse contrariada por não saber o que fazer.

— Está brincando? Em todo caso, como vão as coisas com você?

— Se falo a verdade, você vai pensar que estou em uma praia, ou coisa parecida.

— Fale a verdade.

— Isto aqui é tudo o que eu esperava, papai — juntou coragem para dizer. — E o que eu precisava.

— É tão importante assim o que está fazendo?

— Falaremos melhor quando eu voltar, agora não ia conseguir explicar. Você vai ver... não digo que não há médicos de verdade por todo lado, mas aqui é diferente. Aqui você se sente médico de outra maneira. E vou dizer, como se diz, acabo de começar a carreira e ainda me falta muito.

— Quando você era criança e ficava encucada com alguma coisa, por pior que fosse, você não entregava os pontos, defendia até o fim.

— Agora é diferente — caminhava sobre uma linha estreita, e dos dois lados se abria um abismo. Era uma ligação importante. Uma trégua. Não queria fazer nada errado, nem brigar com ele a milhares de quilômetros. — Papai, não se trata de defender nada. Eu sabia para onde estava vindo e, o mais importante, por que estava vindo. Agora sou outra.

— Você é uma sonhadora e sabe disso, meu bem.

— Estou aprendendo a viver — usou a maior veemência —, e isso é o mais importante que posso fazer além de ser médica. Pode ter certeza de que, apesar dos problemas, da diferença cultural, de tantas coisas que nos acontecem aqui diariamente, eu me sinto feliz por ter dado esse passo, e só lamento ter falhado com você.

— Sílvia, saiba de uma coisa: você nunca vai falhar comigo, porque é minha filha e te amo. Vai falhar com você mesma.

— Pois então, sossegue — retomou cheia de paz e tranquilidade. — Não sou das que ficam lamentando os erros cometidos, sei que tudo ajuda a crescer e a viver. Acredito que encontrar o caminho que se deseja é o mais importante na vida. O meu é este, e ainda que eu não saiba aonde ele vai dar, porque essa é outra história, vou seguir nele até o fim.

— Não sei se conheço você — murmurou seu pai ao telefone.

Percebia que ele estava diferente, menos categórico, menos inflexível e implacável, como se aquelas semanas de reflexão o tivessem suavizado. Recordou o que Jordi, seu irmão, tinha falado: seu pai tinha chorado. Não tirava isso da cabeça. Seu pai tinha chorado.

— Você me conhece melhor do que pensa, papai — notou que já não tremia. — Basta se olhar no espelho para me ver.

— Deus... — escutou-o sussurrar. — Quando você virou essa mulher, tão de repente?

भाग तीन

terceira
parte

A vida é 10% o que se faz e 90% como se faz.

(Irving Berlin)

CAPÍTULO QUATORZE

No casamento de Narayan, a única pessoa que não ria era a noiva.

A festa estava bonita, a cerimônia estava bonita, as pessoas estavam bonitas. Para Sílvia era uma explosão de luz, cor e som. A luz de um dia esplêndido, projetada sobre a festa. A cor das roupas e das joias douradas, brilhantes. O som da música, místico, furioso, envolvente, até embriagador.

Mas, quando olhava para a irmã de Viji...

Narayan chorava, assustada. Chorava de repente, percebendo que estavam tirando dela a infância e a adolescência. Toda a felicidade nos dias anteriores se chocava com a realidade final. Não apenas se casava com um desconhecido, bonito e jovem pelo menos, mas ia viver na casa dele, fora dali, longe, com pessoas que não conhecia, perdendo os cheiros, o rasto, o contato físico com seus seres queridos. E tudo isso sem esquecer que no final da cerimônia, criança ou não, pelo menos para os ocidentais, ela se tornaria mulher na noite de núpcias, entregando-se ao homem com quem iria partilhar a vida.

Partilhar a vida... para sempre.

Vendo-a chorar e pensando no sexo por submissão, em obediência ao marido, Sílvia estremecia horrorizada.

— Sexto mandamento: "Compreenderás a cultura local" — repetiu para si mesma em voz alta. — Sétimo mandamento: "Evitarás o nortecentrismo nas tuas análises e condutas".

Sabia, valorizava, aceitava. Mas, mesmo assim, só de ver Narayan, e ver aquelas lágrimas, a infinita tristeza dela durante a cerimônia, quando todos riam, cantavam e dançavam em homenagem aos jovens esposos. As mulheres da festa tinham passado pela mesma situação, todas elas. E nenhuma parecia sentir pena da menina. Todas davam como certo que o amor viria do contato entre eles, não a paixão momentânea e efêmera dos ocidentais. O amor era, antes de tudo, respeito. O marido mandava, e a mulher obedecia. Respeito à moda antiga, em uma só direção.

Do outro lado do estrado em que Narayan e seu marido permaneciam quietos, enquanto a festa se movimentava à sua volta, a única pessoa triste, apesar de seus esforços para ficar alegre, era Viji.

Olhava para a irmã pequena com inveja.

Ciúmes.

— Ele é bonito, não é? — tinha falado para Sílvia.

O rapaz tinha apenas dezenove anos. Quase sua idade.

Sílvia pensava em si mesma e em Arthur. Imaginava-se casada com ele e... não podia ser. Não assim. Bem, nem assim, nem de outra maneira. Ainda não. Estava acima de suas forças. Não porque não o amasse, mas porque a palavra "casamento", tal como expressões "para sempre", "amor eterno" e outras semelhantes lhe pareciam muito fortes. Não estava preparada. E se ela, que já estava há um ano saindo com Arthur, e o amava, a duras penas aceitava o compromisso, como podia entender aquela boda da qual era testemunha, por mais que os mandamentos do bom voluntário indicassem o caminho?

Sentia pena de Narayan, era inevitável.

Uma pena que mastigava devagar e engolia como se fosse uma bola de ferro, enquanto ela também participava da festa, ria, dançava, cantava...

Leo pôs o dedo na ferida.

— Você está se sentindo assim em relação a Narayan porque você é mulher.

— Bobagem. Você se casaria com uma desconhecida, que, além de tudo, é uma criança?

— Se fosse indiano, sim. E você também, se fosse.

— Cedo ou tarde esses costumes vão mudar.

— Já há mudanças, mas o preço é alto — disse Leo. — Em Nova Delhi não são poucos os estudantes universitários que mantêm relações íntimas entre si, mas... quem fica marcada é a mulher. Sempre ela. Muitas sofrem rejeição posteriormente. Inclusive na Inglaterra, ou nos Estados Unidos, onde há grandes comunidades indianas, o problema é o mesmo. Você viu *Um casamento à indiana*?[8]

---

8   Filme indiano lançado em 2001 sobre a preparação do casamento arranjado de uma jovem. Título original: *Monsoon Wedding*.

— Vi.

— A garota que vai se casar tem uma aventura com um homem. Quando conta a verdade ao futuro marido, ele a rejeita imediatamente. Não importa se ele teve histórias. Só a mulher interessa.

— Logo depois ele a perdoa e se casa com ela.

— É o que você diz: ele a perdoa. Desde quando é preciso "perdoar" o fato de ser livre?

As discussões com Leo, de qualquer tipo, costumavam ser cada vez mais intensas. Ela se realizava "brigando" com ele. Era um bom adversário e ótimo polemista.

A última frase a fez lembrar-se de seu pai. E da conversa pelo telefone, que não tinha contado a ninguém.

— Meu pai também está nesse ponto — disse.

— Falou com ele?

— Falei.

— Foi traumático?

— Não, desta vez não. Estava suave. Continua pensando que estou perdendo meu tempo, que tudo isso é uma bobagem, que outros deveriam estar aqui.

— Gente como eu.

— Como assim?

— Gente que não aspira ao prêmio Nobel de Medicina, apenas quer ser médico — deu de ombros.

— Antes não era assim.

— As pessoas ficam mais conservadoras com a idade.

— Não é um egoísta, tem suas ideias. Uma vez me disse que preferia agir como um Robin Hood, tirar o dinheiro dos ricos que pudessem pagar pelo seu trabalho e dá-lo aos pobres.

— Ele dá aos pobres?

— Colabora com muitas organizações.

— É uma forma de não se sentir culpado. Como os cantores. Todos são do Greenpeace, da Anistia Internacional, gravam discos para ajudar, montam grandes concertos, para esta ou aquela causa...

— Mas fazem, e é o que importa.

— Sentem-se obrigados.

— Por que você é tão cético?

— Vamos começar — vincou os lábios numa careta de suficiência. — Estou dizendo o que penso, exponho as coisas como elas são, e sou cético.

— Como elas são para você. Os músicos sempre foram o motor de muitas causas importantes. O *Live Aid* de 1985, os concertos para Nelson Mandela, as campanhas em favor dos doentes de AIDS... Se você ganhasse um monte de dinheiro, também faria coisas assim, ou não? E não ia ficar pensando que faz por se sentir culpado, mas como você pode e tem sorte... é o que te cabe fazer.

— Falou com seu amigo Mahendra sobre isso?

Quando Leo falava de Mahendra, Sílvia começava a tremer. Dessa vez também foi assim. E não conseguiu fugir do assunto. Já estavam dentro do assunto.

— Por que eu devia falar disso com Mahendra?

— É rico.

— Ele me falou que não é rico, mas que mesmo assim canaliza ajudas para os necessitados.

— Você acreditou?

— Estas terras são dele, não esqueça.

Compreendia por que Leo tinha posto o dono de Pashbar na conversa. E se sentia inquieta por isso.

— Estou até vendo você, de princesa indiana — suspirou Leo.

Não sabia se ria, se ficava aborrecida ou nem passava recibo. Não soube o que responder, nem que tom usar.

— Não fale bobagem — disse em tom neutro.

— Você seria uma princesa fantástica.

— Vejamos, por que devo ser? — aceitou o desafio da discussão.

— Você vai sempre ali.

— Não é verdade. Há dias não vou.

A última vez tinha sido quando ele quis mostrá-la aos culpados pelo assalto.

— Sobre o que conversam?

— De coisas, da Índia, da Espanha, do trabalho... A casa é fascinante.

— Você gosta?

— Parece saída de um conto. Os jardins também, o lago...

— E ele?

Era uma pergunta sem resposta. Gostava, como pessoa e companhia. Não gostava como homem, pelo menos não no sentido em que Leo queria dizer.

Tornou a sentir-se insegura.

— Leo, qual é o problema? — tentou retomar o controle da situação.

— Comigo? — teve uma reação ostensiva. — Nada, por quê?

— Você não vai com a cara do Mahendra.

— É pitoresco — argumentou. — Mas não o conheço. Para mim é um anacronismo a mais.

— Porque mora sozinho nesse palácio e cuida da tumba da esposa?

— Um príncipe apaixonado construiu o Taj Mahal como uma homenagem à amada morta. Devia fazer alguma coisa assim.

— Falei isso para ele — disse Sílvia, esboçando um sorriso.

— Acho difícil que ele não tenha insinuado nada para você.

Foi tomada por uma onda de calor. Lembrou do que Elisabet Roca tinha falado a respeito dos possíveis sentimentos de Leo. Do calor passou às palpitações do coração. Não precisou mais do que olhar para ele, de soslaio, enquanto ele tinha os olhos fixos no lago, dissimulando, para perceber que podia ser verdade.

Leo estava se apaixonando.

Talvez lutasse contra isso. Talvez não se desse a menor oportunidade e por isso seu lado mais durão aparecia mais. De qualquer modo, a conversa estava chegando num ponto perigoso.

E qual seria o problema?

Estavam só eles, os dois únicos voluntários espanhóis, eram jovens, e o mundo ficava muito longe dali.

Fez um esforço para que sua voz soasse sincera.

— Mahendra vai viver eternamente apaixonado por sua mulher.

— Sei disso — disse Leo. — Mas você não é uma pessoa que o deixe indiferente. Nunca será. Essa casa recebeu sua luz, e ele sabe disso, não está cego nem é insensível.

— Leo, por favor... — sentiu-se derrotada.

Bastou ver os olhos dele, a marca de tristeza e dor. O semblante dele mudou de repente.

— Desculpe.

— Sabe quanto detesto ter que escutar sempre a mesma coisa?

— Pensei que já estivesse acostumada.

— Na Espanha, talvez, mas aqui... Desde que era criança me dizem que por ser atraente tinha tudo na palma da mão, que iria conseguir os meninos que quisesse, era só estalar os dedos, que a vida para mim seria muito fácil, estudando ou não, porque com meu encanto... Quantas vezes eu quis ser feia, ou comi de tudo para engordar, ou... Sei lá. Não me venha você também com essa agora porque, se for assim, posso jogar a toalha.

— Então eu sou diferente?

— Claro que é.

— Que bom, e como eu fico?

— Você é a primeira pessoa em que confiei por

muito tempo. O amigo que nunca tive.

— Mas vai voltar para o seu Arthur.

Sentiu o golpe de novo.

— Posso perguntar uma coisa?

— Em frente.

— Ela te fez tanto mal?

Leo pensou antes de responder. Ou melhor, manteve o olhar. Transpareceu uma marca de dolorosa ironia na dobra do lábio.

— O que isso tem a ver com ela?

— Muita coisa.

— Não deu certo, isso é tudo — deu de ombros.

— Que aconteceu?

— Eu queria isto aqui, e ela não.

— Que aconteceu? — repetiu a pergunta.

— Sílvia...

— Você fez insinuações a meu respeito, falou de Mahendra, e acabo de dizer que você é meu amigo. Não vai responder?

— Me deixou, parece pouco?

— Deve ter mais alguma coisa, ou você não estaria como está.

— E como estou?

— Irado. Basta lembrar-se dos nossos primeiros dias.

Leo parou na porta do seu bangalô. O passeio tinha terminado. O que fez foi inesperado para Sílvia. Tanto que a desconcertou e a desnudou por completo. Aproximou-se, segurou-a pelos ombros, aproximou o rosto ao dela, deu-lhe um beijo na testa e, em seguida, soltou-a.

— Foi para a cama com meu melhor amigo por vingança — disse, envolvendo cada palavra com um sorriso sem alma. — Fez isso para me aborrecer, magoada, culpando-me de tudo. Foi a forma que encontrou para me atingir, porque assim perdia a ela e perdia a ele.

Tudo tinha sido dito.

Leo teve consciência disso...

— Boa noite, Sílvia — desejou, entrando no bangalô.

Uma vez leu uma frase que a marcou. Dizia: "A beleza é um dom, mas também pode ser uma maldição se não se sabe como usá-la".

Estaria condenada?

De uma infância insegura, entre gozações e estupidez, passando por uma adolescência com muito mais de trauma do que de felicidade, para uma juventude em que continuava sendo uma carinha bonita para a maioria. Um caminho difícil. Muitos garotos não chegavam perto dela porque achavam que iam ser esnobados. Outros se aproximavam pelo motivo oposto, atrevidos, sabendo-se atraentes, como se isso fosse o mais importante para terem a atenção dela.

Agora, ali, no outro lado do mundo, Leo vinha com aquilo, e Mahendra tinha feito a proposta de ir com ela "descobrir a vida". Incrível.

— Arthur, onde você está? — Sussurrou em voz baixa.

Pensou em seu pai, o melhor cirurgião plástico de Barcelona. As pessoas confiavam nele para terem de volta a juventude, para voltarem a ser belas. O culto da magreza e da beleza. Tinha isso em sua própria casa. E quanto mais tropeçava na mesma pedra, mais raiva sentia.

Todos davam como certo que ela apaixonava e enlouquecia os outros. Isso criava ressentimentos, inseguranças, frustrações. Alguns a adoravam ainda mais, imaginando que ela fosse inalcançável, e outros a depreciavam. Essa era a verdade.

Ela só queria ser médica, viver, amar e ser amada por si mesma, ser como qualquer outra.

— É uma maldição, realmente — suspirou.

E foi para a cama com a cabeça cheia de todos eles, de Arthur esperando por ela em casa, de Mahendra e seu feitiço oriental, de Leo e seu realismo crítico.

Sonhou que a obrigavam a se casar, na Índia, com um homem mais velho, gordo, viúvo, e que chorava como Narayan no dia do casamento.

CAPÍTULO QUINZE

Na última vez que estivera ali, discutiram. Foi na noite em que Mahendra quis que ela identificasse os responsáveis pelo assalto, na noite em que ele pediu para acompanhá-la numa grande viagem de volta ao mundo dos vivos, na noite em que o dono de Pashbar deixou de ser um príncipe encantado para se tornar uma pessoa de carne e osso, com suas dúvidas, suas limitações, seu conceito ancestral de vida e sua repentina imaturidade, transformando-se diante dela em um menino preso em suas contradições.

O amante que cuidava da imensa tumba líquida de sua esposa.

Não havia som de música indiana. Pela primeira vez ele mostrava a ela suas outras inclinações, embora mínimas. Bob Dylan cantava *Knockin' on heaven's door*[9].

— Não sabia que você gostava de Dylan — disse Sílvia.

— Não gosto da voz dele — foi sincero —, mas da letra. Faz pensar.

— O que essa sugere para você?

— Que todos passamos a vida batendo à porta do céu, sempre, acreditemos ou não, porque queremos escapar do inferno, que nos ameaça.

— Minha favorita é *Like a rollin' stone*. Mais ainda,

---

9   Em português: "Batendo à porta do céu".

a letra combina com minha situação atual — e recitou:
— "Que se sente? Que se sente estando completamente
sozinha, sem ter um lar, como uma completa desconhecida, como uma pedra a rolar?".

— Você não é uma desconhecida nem uma pedra a
rolar.

— Sou, pode ter certeza. E gosto — não queria falar
de sua casa, nem que ele lhe perguntasse dos seus pais.
Não queria ter que fazer de novo uma viagem de intros-
pecção pessoal, por isso mudou rapidamente de assunto:
— Com que idade você se casou?

— Com quinze anos.

Estava acima de suas forças. Não podia pôr o sexto
mandamento do voluntário à frente de suas convicções
pessoais. Reagiu como mulher ocidental.

— Sério?

— Pushpa tinha treze.

— Mãe do céu! — gemeu. — E quando...? Não, esqueça.

Mahendra sorriu entendendo o que ela quis perguntar. Evitou deixá-la mais embaraçada. Inclinou-se
sobre a mesa e encheu seu copo de limonada. Tornava
a ser o encanto anterior àquela noite. E não era uma
trégua, nem uma paz concertada depois da tormenta.
Os dois sabiam que o dia da despedida estava próximo.

Tentavam prolongar o que os havia unido no
começo, a inocência dos primeiros dias.

— Esse seu amigo do hospital...

— Leo?

— O espanhol, como você, esse mesmo.

— Qual o problema com ele?

— Você gosta dele?

— Não! Bem, sim... Os amigos gostam uns dos outros, por isso são amigos.

— Ótimo.

Isso foi tudo. Um comentário, nada mais. Às vezes os silêncios eram estranhos. Mahendra olhava para ela e sorria. Ela olhava para o jardim, ou para o lago, ou para a sala em que estivessem. Fora chovia, por isso conversavam na biblioteca repleta de livros de poesia e dicionários de espanhol.

— Venha — Mahendra se levantou da poltrona. — Quero mostrar uma coisa.

○ ○ ◯ ○ ○

Subiram ao andar de cima e caminharam pelo corredor que conduzia aos aposentos privados do dono da casa. Sílvia demorou um pouco para compreender as intenções de Mahendra. Adivinhou quando pararam na frente de uma bela porta lavrada com esmero. Pela situação do palácio adivinhou o resto. Então seu coração se apertou e teve uma pontada de medo.

Sentiu-se intrusa.

Não pôde evitar que Mahendra abrisse a porta, embora estivesse tentada a impedi-lo.

Ali estava o aposento, a luz eterna que se via do bangalô no hospital, o reduto que, em outro tempo, cinco anos atrás, era o centro da vida de Pashbar.

A alma de Pushpa.

— Entre — convidou.

Não se mexeu de onde estava.

— Que foi?

— Não... posso — disse quase sem voz.

— Não é um templo.

Para ela parecia um mausoléu, ainda mais impressionante do que o Taj Mahal. O terraço era muito grande e estava completamente aberto, para que a luz do sol e o vento entrassem no aposento e enchessem com sua vida as paredes mortas. Todo o luxo que tinha desaparecido do palácio podia ser visto ali com generosa abundância. Tapetes, móveis, retratos, a cama...

— Vamos Sílvia. Não seja criança.

Olhou para a mão estendida de Mahendra e, mais do que aceitar, o que fez foi agarrar-se a ela. Quando cruzou o umbral, mal respirava. Os dois pararam no centro daquele mundo ancorado no passado que, no entanto, reluzia com a energia do presente, como se sua dona continuasse entre eles. Viu a roupa de Pushpa, uma infinidade de sáris de todas as cores. E suas joias, arrumadas como numa exposição na penteadeira. Ali estavam o espelho em que via seu rosto refletido e a escova com que acariciava o cabelo, o quarto de vestir, os sapatos, os enfeites. A luz que ela via do hospital estava no centro de um altar situado na frente do terraço e do lago.

Um farol.

O farol da maior tumba natural já imaginada.

— Eu não devia estar aqui — disse.

— Pushpa teria gostado de você. Seriam amigas.

Mahendra falava com orgulho. Não demonstrava qualquer sentimento de tristeza ou dor. De alguma forma estava mostrando seu próprio coração, e fazia isso com generosidade, com as palmas das mãos abertas.

O aposento comunicava-se com outro à esquerda. Possivelmente o dos filhos.

— Vamos, por favor — suplicou.

Mahendra concordou com a cabeça. Saíram e ele fechou a porta. Sílvia se adiantou para descer a escada e voltar ao andar de baixo. Tinha parado de chover. Como outras vezes, a cortina de água tinha cessado de uma vez.

Devorou a limonada como se tivesse acabado de atravessar um deserto.

— Quando você terá um dia livre? — reapareceu ao seu lado a voz do dono de Pashbar.

— Por quê?

— Quero mostrar uma coisa em Mysore, está bem?

Ajudar Leo sempre lhe dava uma sensação de maior impotência, porque olhar as pessoas com os olhos em branco, tumores ou grandes defeitos oculares a fazia chorar. Pela simpatia que eles lhe causavam. Covardemente evitava aproximar-se da área em que os pacientes eram operados e cuidados. Era o único ponto superior às suas forças, no momento. As dificuldades no diagnóstico e os problemas para que crianças e adultos recuperassem pelo menos uma parte da visão tornavam o trabalho de Leo uma coisa muito difícil. Elisabet Roca insistia em que Leo, mesmo sem ter ainda terminado o curso, valia mais do que muitos outros que havia conhecido. Tinha dom.

Como dissera no início, ali os títulos acadêmicos importavam pouco, embora depois fossem necessários.

Naquela manhã foi dizer a Leo que Mahendra a tinha convidado para visitar Mysore com ele, queria mostrar-lhe a cidade de uma outra maneira, como se ele fosse um guia qualificado. E que tinha aceitado. Precisavam pôr-se de acordo e discutir o melhor dia, já que o trabalho era contínuo, inclusive nos feriados. Depois falariam com a doutora Roca, para que tomasse conhecimento.

Não viu Leo, apenas a menina.

Ou melhor, a menina a viu.

Quando Sílvia passou ao seu lado, a menina estendeu a mão e a agarrou, segurando-a ao seu lado.

Tinha mais ou menos a idade de Sahira, entre oito e nove anos, e era muito miúda, miudinha mesmo, apenas um suspiro humano retido em um corpo magro e uma carinha de anjo quebrado. Seu olho direito era um inferno, com moscas dançando em redor dele e até dentro. E ela, acostumada à presença dos insetos, nem os afugentava.

Ao vê-la, Sílvia sentiu-se desfalecer.

A menina falou alguma coisa que ela não entendeu. Apertou mais a mão dela e sorriu.

A reação de Sílvia foi inesperada. Primeiro retrocedeu assustada. Depois percebeu a temperatura da mão da pequena, ardendo em febre. O pior veio depois, quando a associou a Sahira, cuja marca continuava indelével em seu coração.

Então, num repente, não era uma voluntária, mas uma pessoa covarde e inútil.

— Não..., não, sinto muito...

Soltou-se e foi saindo.

Começou a correr entre as camas como um cão espancado, em busca de ar que, sabia muito bem, não ia encontrar no tórrido lado de fora.

O chamado de Leo não a alcançou.

— Sílvia!

Nem seu grito, em ordem imperiosa.

— Sílvia, pare aí!

Não era ela, era uma projeção, outra que, de repente, tinha ocupado seu corpo, pior ainda: sua alma. Não entendia a própria reação, ou talvez entendesse, não tinha certeza. A dor alheia nunca a tinha traumatizado. Queria ser médica exatamente para combatê-la. Tinha capacidade de resistir a cenas dantescas com sangue e horror.

Mas às vezes um simples empurrão era suficiente para...

— Sílvia!

Leo estava ao seu lado, como surgido do nada. Ele a tinha parado depois de correr atrás dela. Segurava-a pelos dois braços e olhava para ela com rosto grave.

— Maldita seja, o que você fez?

— Eu...? — vacilou aturdida.

— Está chorando! Você não percebe? Assustou-a! Por Deus, que está acontecendo?

A menina. Falava da menina...

— Sahira...

Os olhos de Leo lhe devolveram o aturdimento transformado em surpresa.

— Sílvia, você está bem?

Não respondeu. Na verdade não estava ali, nem ele era Leo. Pelo menos não apenas Leo. Também podia ser Arthur, ou Mahendra, ou os três.

— Não é Sahira — disse o jovem, devagar. — O nome dela é Lakshmi.

— Lakshmi?

— Sílvia, fique calma. Venha.

Segurou-a pelos ombros e levou-a até uma sombra, fora do castigo implacável do sol. Ali, pôs-se na frente dela e a obrigou a encará-lo. Sílvia fechou os olhos.

— Você está esgotada, não é?

— Não — moveu a cabeça de um lado para o outro.

— Por que você se comportou daquele jeito?

— Sahira morreu.

— E Lakshmi talvez morra também em dois ou três dias. Não é só o olho, tem uma infecção. Mas a questão é: está aqui para ser ajudada por nós, para viver ou para morrer com dignidade.

— Não... — gemeu.

— Sílvia, olhe para mim.

Via as moscas dentro do olho, sentia o calor da mão ardendo de febre.

— Não posso — suspirou.

— Sim, você pode — a pressão dos dedos de Leo em seus braços machucou-a. — É seu dever, você veio para isso. Você faz mais falta a essa menina se ela for morrer do que se for viver.

— Não quero que ela morra — gemeu pela segunda vez.

— Então trate de dar a ela o que ela pediu! Amor! Lakshmi não tem ninguém, ela foi vendida quando tinha cinco anos, trabalhou como escrava em uma fábrica de almofadas, e agora que está doente a jogaram na rua, como um cão! Talvez ela nunca tenha recebido um carinho... E era o que estava pedindo a você, um carinho!

Sílvia começou a chorar.

Leo abraçou-a, rodeou-a até fazê-la desaparecer em seu corpo. Foram demorados segundos, um minuto, talvez mais, enquanto ela se esvaziava até se limpar, até reagir e compreender seu repentino desmoronamento, um abatimento inesperado, desconcertante.

— Você vai voltar lá — disse ele. — E vai fazer isso por Sahira, por você, mas vai fazer. Foi a primeira manifestação de vida de Lakshmi em dois dias, compreende? Estava se entregando, talvez quisesse morrer, sem se importar com nada, mas pegou sua mão quando viu você passar. Tocou em você! Sabe o que isso significa? É um resquício de esperança! Fale com ela, faça carinhos nela... Vamos, Sílvia, vamos, venha vê-la. Não falhe consigo mesma agora.

○ ○ ◯ ○ ○

De repente já não queria esperar a hora da volta.

Queria saber o que Arthur pensava, nesse momento mesmo, ter uma ideia do que estava esperando por ela, saber qual seria seu futuro mais imediato.

De repente era como se a vida a apertasse.

"Querido Arthur, aqui as coisas às vezes acontecem muito depressa, e são inexplicáveis para nós. Você se acha forte e, um dia, sem mais, desmorona. Começa a se sentir frágil e, logo depois, sem mais, tira forças não sabe de onde ou é obrigada a superar os próprios limites. Para sua surpresa, acaba descobrindo que tais limites não existem, que tudo está nas suas mãos e na capacidade de sobrepor-se às adversidades. Você ri e chora. Canta e sofre. Justamente porque a cada dia dou mais valor à vida e ao que faço com ela, hoje eu queria ter sua mão e seu apoio, seu carinho e seu amor. A grande pergunta é: tenho?

É hora de tomar decisões.

Conte-me como você está, o que pensa, se ainda me ama.

Conte-me de que cor é o nosso céu porque a terra nem sempre é sólida sob nossos pés, e se perdemos o céu... o que nos sobra?

Ligar?

Sua, Sílvia."

Enviou o *e-mail* sem pensar duas vezes e ficou um tempo na frente do computador, tão cansada como se estivesse sem dormir há três dias, sem forças para levantar-se e caminhar até seu bangalô em busca do sono de que tanto precisava.

CAPÍTULO DEZESSEIS

Ir a Mysore por um carregamento de provisões, andar rapidamente pela cidade com Ari e voltar de imediato antes do anoitecer, não era nada parecido com aquilo. Nem a viagem, nem a companhia, nem as circunstâncias.

Pankaj conduzia o impressionante carro, antigo mas impecável, um Packard dos anos cinquenta com todos os itens originais, madeiras nobres no interior, cromados brilhantes como se tivessem acabado de sair de fábrica, rodas com os aros internos brancos. Rodar com ele por aquelas rodovias tinha sido tão anacrônico como tentar fazer o caminho em cima de um elefante. Simplesmente era uma página arrancada de um livro de história, o milagre de conseguir ver o tempo parar em um momento mágico.

A viagem foi perfeita, e Mysore, estando ela na companhia de Mahendra, foi capaz de mostrar seu lado mais revelador. Visitaram o Palácio do Marajá; o Templo de Somnathpur, do século XII, dedicado a Vishnu; e a colina Chamundi, para ver o Templo de Chamundeshwari.

Tudo como meros turistas, embora ele não fosse.

Muitas pessoas o reconheciam, como se ele fosse realmente um marajá, um príncipe dos príncipes. Surpreendeu-se no início vendo cabeças se inclinarem para ele. Depois se acostumou. Dava no mesmo se eram

Brâmanes ou intocáveis, nobres ou plebeus, comerciantes ou mendigos, homens ou mulheres. Sílvia viu respeito, devoção, a cálida sinceridade de um afeto que se manifestava nos sorrisos ou nas saudações, com as mãos unidas ou com uma só, agitada ao vento. E Mahendra se portava como se fosse esse príncipe dos príncipes, o marajá do passado que perdurava na memória coletiva. Correspondia às inclinações ou sorria com ternura.

Voltava, por um momento, à vida comum.

— Como podem lembrar-se de você se está há cinco anos sem sair de Pashbar? — ela perguntou.

— Você tem familiares mortos, Sílvia?

— Tenho.

— Lembra-se deles?

— Claro, mas...

— Não é diferente. Meu pai foi um grande homem. E antes, meu avô. Nossa família tem muita tradição.

Também olhavam para ela.

A estrangeira.

Mas não havia estranhamento nos olhares, só curiosidade e, talvez, alguma surpresa.

Chegaram a um edifício moderno, de uns cinco andares, diferente do resto. Pankaj parou o carro na rua. Não fez menção de descer. Mahendra indicou-lhe que observasse.

— Meus escritórios — apresentou com tanto carinho como se, em vez de ser uma construção, fosse uma pessoa.

— A que você se dedica?

— A muitas coisas — fez um gesto ambíguo. — Agora, olhe ali.

Era um banco, não muito grande. Não reconhecia o nome no letreiro. Não esperou que ele informasse.

— É seu?

— É.

— Você é banqueiro? — surpreendeu-se.

— Não exatamente, mas, se tenho um banco, devo ser — disse com a maior simplicidade.

— Você falou que não era rico.

— E não sou. Já ouviu falar dos microcréditos, Sílvia?

— Já.

— Sabe como funcionam?

— Sei que os bancos não dão dinheiro a pessoas que não possuem bens para dar como garantia, e, sem esse dinheiro, não conseguem prosperar. O cachorro que morde o rabo. E sei que há um tipo de banco que empresta dinheiro em pequenas quantidades, sem necessidade de garantias ou aval, apenas com a palavra dada pela pessoa que solicita. Graças a isso, a economia dos países pobres está ressurgindo.

— Os microcréditos foram a maior contribuição para a prosperidade das pessoas daquilo que vocês denominam Terceiro Mundo — explicou Mahendra. — Foram estimulados por um homem chamado Muhammad Yunus, "o banqueiro dos pobres", ao fundar em 1976 o Grameen Bank que, traduzido, significa Banco Rural ou Banco da Aldeia. Sabe que 94% das pessoas que solicitam são mulheres? Na Índia é mais difícil por estarem muito subordinadas aos maridos, famílias... Mas, pouco a pouco, vai mudando. As mães de família são as mais necessitadas, mostram melhor disposição para o trabalho e a administração dos bens. A quem iriam pedir cinquenta dólares para comprar uma máquina de costura, ou cem para ferramentas para a agricultura, ou o necessário para abrir um poço e ter água perto em vez de precisar caminhar muitos quilômetros por ela? Com esse dinheiro podem trabalhar e alimentar-se, conseguir estabilidade e segurança, enviar seus filhos para a escola, porque sabem que a educação é, além disso, a chave da sobrevivência. E todas devolvem a quantidade emprestada. Todas. Mesmo que o resultado não seja bom... Que banco se arruína por perder cinquenta dólares? Por isso são chamados microcréditos, e foram solicitados muitos milhões de microcréditos nestes anos nos sessenta e cinco países em que foram implantados até agora.

— E o seu banco...?

— Meus filhos não puderam crescer, me foram arrebatados, mas os de outras pessoas estão crescendo, e têm um futuro. Acredito nele — Mahendra mostrou muito orgulho ao dizer isso. — Meu banco está associado ao Grameen Bank.

— Então foi por isso que você se aborreceu tanto quando quiseram nos roubar.

— Eles já pediram um microcrédito — sorriu. — Vamos em frente?

A parada seguinte foi em uma zona residencial de Mysore. Amplas avenidas, edifícios luxuosos, um ambiente muito diferente do que se via nos bairros mais populosos, nos mercados ou nas áreas próximas aos templos... Pankaj parou o automóvel com a frente apontando para uma casa senhorial. Desceu e abriu um portão duplo. Voltou ao carro e o conduziu até a entrada. Era uma mansão vitoriana, com colunas e adornos de época. Notava-se certo abandono, que se acentuou quando, depois de fechar o portão, Pankaj abriu a porta principal.

Ninguém morava ali.

E mesmo assim, o eco do passado não parecia perturbar o presente. Não havia pó, nem teias de aranha, só aquele silêncio sepulcral que ampliou o barulho dos passos sobre o mármore do chão.

— Que é isso? — perguntou Sílvia, enfim.

— Minha casa em Mysore.

— Quantas casas você tem?

— Só mais uma, em Goa.

O paraíso *hippie* dos anos sessenta, e também dos setenta, prolongando sua lenda até o presente.

Era absurdo perguntar por que não morava na mansão onde estavam, ou por que não passava épocas do ano em Goa. Ele não seria feliz. Longe daquele lago não existia nada para ele.

— Se você não usa esta casa, se não mora aqui, por que não a vende?

— Porque é a casa dos meus pais, de meus avós, de meus bisavós. Eles a construíram há quase duzentos anos. Não poderia vendê-la.

Quase disse que um dia, cedo ou tarde, se perderia. A não ser que se casasse de novo e tivesse filhos para perpetuar seu nome.

Preferiu calar-se.

Começava a sentir uma vaga suspeita de por que estava ali.

— Por que está me mostrando tudo isso? — estremeceu.

— Queria que me conhecesse um pouco mais.

O estremecimento foi mais intenso. Conhecer. Era como se lhe mostrasse o quanto tinha para lhe oferecer, como se mostrasse o mais impressionante enxoval, o dote que receberia quem o aceitasse.

Sílvia olhou para ele. Viu nele, outra vez, a imagem do começo, de príncipe perdido, de homem solitário, de menino assustado. Mesmo com seus negócios e com tudo que estava fazendo de bom para as pessoas, com seus estudos na Inglaterra, sua cultura e seu impressionante legado, Mahendra continuava a ser o jovem casado aos quinze anos, o jovem apaixonado por uma mulher perfeita, o jovem que sofria de saudade e, mais do que caminhar, pairava pela vida. Era o personagem central de seu próprio conto de fadas e não percebia. Em um passado remoto tinha sido uma divindade, um menino-deus, a que tinham adorado os homens que povoavam suas terras. Em pleno século XXI, por outro lado, tornava-se, mais e mais um resíduo.

E não era ela quem poderia resgatá-lo.

— Mahendra, está ficando tarde e não quero viajar à noite.

— Claro.

A visita à mansão terminou. Salões de baile, bibliotecas, ricos aposentos. Em nenhum tinha visto retratos de Pushpa ou dos filhos. Nada. A casa do lago, Pashbar, sim, tinha sido sua morada. Aquela não.

Voltaram ao carro, Pankaj fechou as portas daquele palácio e, depois, o portão. Começaram o caminho de volta ao RHT em silêncio.

Mahendra sorria, alheado, como se nada daquilo fosse com ele. Sua beleza indiana era como uma máscara perfeita, extraída de um templo dourado.

A viagem de volta foi muito mais silenciosa do que a ida.

Era noite quando chegaram.

Não havia mensagem.

Nenhuma resposta de Arthur.

Podia significar muitas coisas, boas ou ruins, que estivesse passando alguns dias fora, desconectado, aproveitando o final do verão; que tivesse lido e tinha evitado ser grosseiro, terminando por carta, incapaz de continuar com ela depois de sua sentimental sinceridade; que tivesse lido e estivesse dando um tempo para responder, enquanto pensava no que ia fazer...

Tinha falado que era tempo de tomar decisões.

Ela tinha dado o primeiro passo, mas a ele cabia fechar o círculo, dar o passo seguinte. As cartas estavam dadas.

Talvez acabasse como Leo.

Dedicada a uma causa em que acreditava, mas sozinha, sempre pensando se tinha feito a coisa certa, se valia a pena.

A solidão criava uma estranha condição.

Lembrou-se de uma frase lida não sabia onde, mas que tinha ficado gravada na sua mente. Dizia: "Não somos feitos do que somos, mas do que nos falta para completar-nos, aquilo que desejamos."

Se não estava feita do que ela era, se lhe faltava algo para sentir-se completa, seria o amor?

Perguntou-se que faria se chegasse o dia da iminente partida e ainda não tivesse recebido notícias de Arthur. Imaginou a viagem de volta para casa com a grande interrogação pendurada na alma. Em último caso, teria que lhe telefonar.

Mas isso talvez fosse uma submissão.

E se, de qualquer maneira, tivesse chegado o momento de renunciar a uma de suas metades?

Lakshmi estava com o olho vendado e protegido, mas continuava com febre altíssima. Tinha quarenta e oito horas de esperanças. Depois já não haveria volta e, se não recuperasse as forças e o desejo de viver, morreria de forma anônima e obscura.

Mais uma.

Quando Sílvia sentou ao lado dela, o rosto da menina iluminou-se, como se tivesse recebido uma descarga de energia. Agarrou a mão de Sílvia e não a soltou mais.

— Sílvia — pronunciou, transformando o "esse" num silvo que parecia fluir de seus lábios como uma serpente, e o "a" final em um canto aberto e prazeroso.

— Oi, Lakshmi — acariciou o rosto dela com a outra mão.

— O-i — repetiu a pequena.

Era estranho. Alguma coisa indefinível a tinha ligado a Sahira, como se houvesse um nexo comum, como se visse a si mesma, de alguma forma e por estranho que fosse, refletida em um espelho. Não tinham nada em comum, nem físico, nem espiritual, mas teria sido capaz de, num impulso, levá-la a Barcelona.

Esse impulso era o mesmo com que Lakshmi a "adotara" agora.

Não falava com mais ninguém, não sorria para nenhuma outra pessoa, médico ou enfermeira. Seu rosto só se iluminava, esparramando aquele sorriso enorme, quando Sílvia aparecia.

— Ela deve estar associando você a uma estrela de cinema — sugeriu Leo depois de obrigá-la a voltar, no primeiro dia, quando tinha fugido. — Ou talvez ache você parecida com uma deusa. Duvido muito que tenha visto alguma coisa mais bonita em toda sua vida.

Sílvia ruborizou-se, pela primeira vez ante palavras do colega de trabalho.

— Como você está hoje? — sussurrou para a menina.

— Sílvia, o-i — repetiu, com voz tão fraca como estava seu corpo prejudicado pela febre.

— Você vai ficar boa, não vai? Não vai fazer uma coisa dessas a sua amiga, certo?

Achou que a menina não tinha visto a emoção que a sacudia, a vontade de chorar outra vez. Ficar bem, para quê? Lakshmi não tinha ninguém, estava sozinha. Se o olho ficasse curado, voltaria à escravidão da fábrica de almofadas, ou talvez caísse na prostituição por mero instinto de sobrevivência. Seria um descarte humano prematuro.

Nesse caso, não seria melhor morrer já?

Sentiu muita raiva ante tal pensamento.

Um "não" interior que a sacudiu de alto a baixo.

Lakshmi diminuiu a tensão dos dedos, levantou a mão dela na frente do rosto e olhou-a. Já não era a mesma mão do começo, suave e cuidada, mas ainda era muito diferente das mãos das mulheres que trabalhavam a terra ou envelheciam em poucos anos. Com o minúsculo dedo, seguiu o desenho das unhas, agora cortadas rentes. Depois, cheirou-a. Falou uma palavra incompreensível. Acariciou o dorso, até o pulso primeiro, e o antebraço depois. Por fim, retribuiu a carícia no rosto.

Outra palavra. Um sorriso.

Sílvia molhou os lábios dela com uma esponja úmida.

Quem seria capaz de escravizar uma menina assim? Quem teria coragem de abusar de sua inocência?

E, no entanto, eram milhões de crianças exploradas e transformadas em mortos prematuros, sem qualquer futuro, em todas as partes do mundo.

Precisou pensar em outra coisa.

Até que, superando o sofrimento com enorme esforço de vontade, dominando a dor e as lágrimas, começou a cantar uma canção para ela.

Uma canção tão simples como *Paraules d'amor*[10].

Todos tinham se juntado para o jantar, como se fosse uma festa, para celebrar a despedida dos dois voluntários alemães e uma garota suíça que só tinha ficado três semanas com eles. O fluxo constante do verão chegava ao fim, especialmente porque na maioria dos países europeus as férias de verão eram mais curtas. Sílvia seria a penúltima a sair. Leo dispunha ainda de quase duas semanas mais. Entretanto, o trabalho humanitário não terminava por isso. Apenas mudava.

Para os doentes pouco importavam os ciclos das estações que regiam suas vidas ocidentais, exceto para a própria sobrevivência, se era época de monções ou não

---

10 Em português: "Palavras de amor". Canção de Joan Manuel Serrat.

na Índia.

Durante o jantar, Sílvia observou mais de uma vez os olhos de Lorenzo Giner, sempre voltados para Elisabet Roca.

Enquanto ela contava piada, falava alto, comia, ria e mostrava-se feliz, ele quase não abria a boca.

No final do jantar, depois do último brinde, viu que ele se distanciou em direção à rodovia e, chegando lá, apoiou-se no tapume, sob as estrelas, para fumar nada menos que um charuto.

Então, aproximou-se.

— Acho que ela não gostaria de saber que você fuma essas coisas.

— Ah, olá, Sílvia — sobressaltou-se, distraído com seus pensamentos. — Ela, quem?

— Elisabet, é claro.

— Elisabet?

Vacilou um instante, mas lembrou-se do atrevimento dela daquela outra vez, algumas semanas antes, quando falou dos sentimentos dele em relação à doutora, pegando-o de surpresa. Pareciam meses.

— Vai ter que deixar de fumar.

— Por quê?

— Tudo tem seu preço. É o que dizem.

— Outra vez, não, por Deus — moveu a cabeça com pesar, quando percebeu o rumo da conversa. — Estou vendo que você não vai embora daqui sem remexer um pouco mais nas nossas consciências, dona sabichona espertinha.

— Estou indo — fez menção de dar meia volta.

— Não, espere — reteve-a.

Ficou quieta, ao lado dele, também apoiada no parapeito, encarando-o. Lorenzo Giner aspirou com força o charuto e, em seguida, expulsou a fumaça devagar, fazendo-a passar lentamente entre seus lábios entreabertos. Quando terminou o ritual, enfrentou seus olhos inquisidores.

— Você tem falado muito com Elisabet, não é?

— Um pouco.

— A meu respeito?

— É.

— E?

— Não me disse nada, mas acho que não é a vez dela, mas sua.

— Eu já...

— Sei disso — interrompeu-o. — Mas isso foi há muito tempo. Tem que atacar de novo.

— É fácil, não?

— Muito mais fácil do que fazer uma cirurgia aqui de coração aberto, e isso você faz com os olhos fechados.

— Garotinha... — disse o médico —, se eu tivesse trinta anos a menos, eu ia me declarar para você.

— Com vinte a menos eu já ia dizer que sim.

— Malvada — resmungou fingindo magoado.

— Escute, doutor Giner — Sílvia pôs uma cara séria. — Talvez eu não tenha tempo de dizer antes da minha viagem, já que está sempre trabalhando ou andamos muito ocupados... Quero que saiba que estas semanas foram fundamentais para mim, e o que você e a doutora Roca estão fazendo... Bem... eu me sinto muito honrada por tê-los ajudado — emocionou-se, mas foi até o fim. — E também quero que saibam que foram como pais, está certo?

O homem jogou fora o que sobrava do charuto.

— Vem cá — disse.

Sílvia não fugiu do abraço. Refugiou-se entre os braços do médico e os dois se apertaram com muita força. Pela primeira vez o cheiro do fumo não a incomodou, mesmo sendo charuto.

— Agora, e embora me doa, porque talvez nunca mais volte a abraçar coisa tão maravilhosa como você, será melhor soltar, porque se Elisabet me vê, a coisa fica feia para o meu lado, não acha? — encerrou o afeto com uma brincadeira, dando-lhe um beijo na testa.

CAPÍTULO DEZESSETE

O dia da partida estava próximo, essa era a realidade.

Estava consciente disso enquanto falava com Lorenzo Giner.

Olhou-se no espelho e pensou na Sílvia Prats Olivella que tinha chegado ao hospital semanas antes. Era a mesma, mas alguma coisa, além do aspecto físico, tinha mudado nela. E talvez as mudanças mais evidentes fossem precisamente as que não podiam ser vistas, as de dentro, as emocionais, as relativas à mente e ao coração, os sentimentos e as sensações. Por fora estava mais magra, muito, excessivamente, quase fora do aceitável. As maçãs do rosto estavam muito marcadas, e as cavidades dos olhos, ressaltadas. O queixo estava afinado, as mandíbulas destacadas, o cabelo, duro. E as mãos? Era só dar uma olhada, estavam ásperas, com cicatrizes. Os seios estavam menores, e os ossos pélvicos, pronunciados. Os pés tinham calos...

Pela primeira vez não estava em condições de ganhar nenhum concurso de beleza.

Arthur ia se surpreender.

Vestiu o pijama, como sempre, em silêncio, e, como todas as noites, chegou à janela para ver a luz do mausoléu de Pushpa, o altar criado naquele aposento que agora conhecia.

— Se uma mulher merece ser tão lembrada, por algo deve ser — expressou o que sentia em voz alta.

Compreendeu que queria voltar, para Arthur, para casa, para os estudos, porque era hora de fazer isso, e tudo tinha um tempo na vida. Mas, do mesmo jeito, sentiu a pontada da saudade atravessando seu peito nesse mesmo instante, quando ainda tinha alguns dias no RHT. Por causa disso, não teve a menor dúvida de que no verão seguinte estaria de volta.

Haveria outra guerra em casa, mas voltaria.

E quanto a Arthur...

Tentou imaginar a si mesma um ano depois e não conseguiu. Nunca tinha brincado de ver o futuro. Não servia de nada. Tentou pensar também no doutor Giner e na doutora Roca, em Leo, Mahendra...

Fracassou.

Com certeza estariam da mesma forma o hospital, o lago, Pashbar, a própria Índia.

Mas eles...

Mas, e se, no final de contas, eles também continuassem na mesma?

Não, impossível. Mahendra tinha mudado no transcorrer do verão, e ela sabia que era responsável por isso; Leo tinha pela frente a não renovação de sua bolsa e a incerteza; Narayan teria um filho e Viji talvez tivesse aceitado casar-se com qualquer um, para não se sentir marginalizada.

Haveria mais Sahiras e mais Lakshmis.

O destino.

Sentiu aquela peculiar impotência quando se deitou. A frustração de quem vê que tudo escapa entre os dedos, sem poder evitar.

Não era mais do que uma sonhadora de dezenove anos.

O que podia fazer?

O quê?

O calor batia na terra como numa bigorna. Dava para escutar seus golpes, seu ritmo repetitivo e infernal. Ou seria o ritmo de seu coração, tentando mandar o sangue quente pelo seu corpo por meio das quentes rodovias que formavam suas veias e artérias?

Sílvia parou um momento.

Sentiu-se mareada, um começo de tontura, o corpo leve como uma pluma. Levou a mão à testa para limpar a umidade que escorria pelo seu rosto. Tinha bebido água durante toda a manhã e continuava com sede. Parecia estar se desidratando.

— Volto logo — falou para a colega de trabalho.

Foi para a cozinha. Precisava de alguma coisa que acalmasse a sede, não apenas água fria. Sabia que não tinha febre, mas, mesmo assim, seu corpo queimava. O que menos queria era fraquejar no final. Não se perdoaria.

Lutou contra o enjoo quando o sentiu de novo.

Precisou apoiar-se no portal. Não eram náuseas, mas alguma coisa mais. Uma mente poderosa estava deixando-a hipnotizada por dentro, fazendo-a perder o controle. A náusea lhe dava a sensação de que o mundo perdia a estabilidade.

Isso mesmo, o mundo... já não era estável.

Movia-se.

Nem sentiu o desmaio. Perdeu os sentidos e desmaiou antes mesmo de chegar ao chão. Por sorte não bateu a cabeça com força. A colega indiana viu o incidente, e seu grito alertou os outros, que correram. A primeira a chegar foi Elisabet Roca, mas foi Leo quem a tomou nos braços. Levou-a até o bangalô, e ali a refrescaram, a fizeram voltar a si. Quando abriu os olhos, viu diante de si a doutora e Leo.

— Foi só o calor, fique calma — tranquilizou-a.

— Desmaiei...?

— Como se estivesse grávida, meu bem.

Sílvia ficou vermelha. Leo riu.

— Se for para escutar besteiras e a gozação de vocês, melhor desmaiar de novo — suspirou.

E fechou os olhos.

Leo trouxe o jantar em uma bandeja.

— Olá, dorminhoca — pôs a cabeça pela porta depois de chamar baixinho.

— Não estava dormindo.

— Você está cheia de história hoje, hein, menina — fechou a porta com o traseiro e deixou a bandeja na cadeira, ao lado da cama. Com o mosquiteiro abaixado,

Sílvia parecia uma princesa embalsamada. — Espere, vou tirar este sudário.

Sílvia ergueu-se com esforço.

— Te ajudo?

— Não precisa, eu posso.

— Vou te dar a sopa na boca.

— Ah, vá!

— Vamos lá, mulher, me deixe fazer isso — fingiu implorar.

— Antes você não era tão palhaço.

— Gostava de mim mais duro?

— Não, você era muito chato.

— Pois, se nem chato, nem carinhosinho suave...

— Tá bom, senta aqui e me conte o que aconteceu hoje.

Leo pôs a bandeja em seu colo. Surpresa, descobriu que tinha fome. Primeiro bebeu a solução preparada por Elisabet Roca.

— O que você acha que aconteceu? Nada. Ah, bom, sim — fingiu se lembrar. — Uma das voluntárias desmaiou, uma menina lindíssima, mas esquelética. Parece que trabalhava muito e esquecia de comer, mas eu acho que era uma dessas que vieram aqui para perder peso, sabe!

Mostrou-lhe a língua.

Então começou a comer, com vontade, sob o olhar atento de Leo.

— Vai ficar aqui como um basbaque? — implicou com ele sem parar de mastigar, esquecendo-se dos bons modos.

— Você é o que há de mais bonito neste momento por estes lados.

— Leo, por favor!

Não sabia se a incomodava mais a mudança do jeito dele, ainda mais agora, depois do desmaio, ou o fato de achar que era uma mentira piedosa.

Sabia que devia estar muito feia.

— Tudo bem, agora, falando sério — o tom de Leo soou natural. — Você nos pregou um susto.

— Não sei o que aconteceu.

— Eu sei: você se enfiou nisso, de corpo e alma, e se esqueceu da primeira norma, que é a sobrevivência, a nossa sobrevivência. Se você não se cuida, pouco poderá fazer pelos outros. Quanto está pesando?

— Não tenho a menor ideia.

— Bem, gosto das ossudas.

— E eu gosto dos que sabem ficar de boca fechada quando devem.

Deu de ombros, como se fosse uma guerra perdida. De forma aparentemente mecânica levantou uma mecha de cabelo que a incomodava, porque, com uma mão ela segurava o prato e com a outra, a colher. Mas, para além do gesto, deixou transparecer carinho e atenção. Sílvia sentiu-se inundada de ternura.

Eram os gestos que sempre a comoviam, os pequenos detalhes, a sutileza da doçura.

Ela se derretia com coisas assim.

— Como está Lakshmi? — perguntou de repente, como um náufrago agarrando-se a uma boia.

— Resiste.
— Já são quarenta e oito horas.
— Acho que vai precisar de mais vinte e quatro.
— Mas a infecção já...
— Sílvia — interrompeu-a.

Mais vinte e quatro horas. Continuou comendo, com Leo sentado na cama ao seu lado, observando-a em silêncio, sem coragem para dizer mais nada.

Nem era necessário.

Lakshmi continuava instável. A febre não baixava nem subia. O corpo respondia bem aos remédios, mas não dava sinais de retomar as forças vitais. Um mistério, talvez porque tudo ali fosse diferente do resto, até o limiar entre a vida e a morte. Os dois extremos disputavam o tempo. Tinha passado meia hora com ela de manhã e mais de uma hora à tarde. As duas falavam, sem se entender, mas dava no mesmo. O importante era escutar a voz uma da outra; frágil a da menina, cheia de harmonia e energia a de Sílvia, que cantava para ela e a acariciava. Lakshmi ficava agarrada à sua mão, o ponto de contato com a realidade, com o espaço, o tempo, a sobrevivência, enfim.

Sabia que a menina a via como a mãe que não lembrava ter tido, ou a irmã mais velha de que tanto precisava. E também como a deusa branca, capaz de fazer o milagre final.

Era o mais difícil para Sílvia.

Se Lakshmi viesse a morrer, como tinha acontecido com Sahira, seu último segundo, sozinha, perdida e vencida, talvez fosse a coisa mais triste do mundo, perguntando-se por quê?

A pior dor.

Sílvia fechou os olhos e regularizou a respiração. Era uma máxima essencial em algumas profissões, mais ainda na medicina: não levar os doentes para casa. Não deixaria nada melhor se ficasse se torturando. Se livrar da angústia por algumas horas não significaria esquecer-se dela. Parecia que a noite ia ser especial, fascinante. Uma noite de conto de fadas na reta final de sua permanência ali.

— Pankaj, diga-me a verdade, pareço...?

O homem que cuidava de Mahendra lhe deu o primeiro sorriso desde que o conhecera.

Riu de um jeito carinhoso.

— Está linda, senhorita.

Estava com o sári que tinha comprado em Mysore.

As dúvidas foram muitas, não sabia se devia ou não, mas depois de prová-lo... Não pôde tirá-lo. Precisava voltar a sentir-se ela mesma, superando o dia que tinha passado na cama, o desmaio, seu esgotamento. Precisava, pela primeira vez na vida, recuperar sua autoestima como mulher. E aquele sári era perfeito. Dentro dele sentia-se livre, autenticamente indiana.

O convite de Mahendra também era especial: "Hoje, grande jantar em Pashbar. Traje a rigor."

Por que não?

Por que fugir, dar as costas para a penúltima fantasia oriental de sua viagem à Índia, privar-se de toda a magia de que fosse capaz?

Conseguiu evitar que alguém a visse, isto é, Elisabet Roca ou Leo. Não saberia onde se enfiar, morta de vergonha. Entrou no Packard e se deixou conduzir até o velho palácio, um trajeto de apenas três minutos no carro manobrado com cuidado por Pankaj. Na chegada, não encontrou Mahendra esperando-a junto das escadas. As portas de Pashbar estavam abertas, e o piso coberto de pequenas velas indicando o caminho. O perfume do incenso era muito forte, doce.

A trilha de fogo conduziu-a ao salão.

Até à mesa arrumada com requinte.

E até um Mahendra senhorial, imponente, sublime em toda sua parafernália oriental, e ainda mais radiante do que no dia do julgamento dos ladrões, que apareceu em silêncio, vindo do terraço, e chegou ao lado dela trazendo um sorriso nos lábios.

Sílvia se deixou admirar.

— Você está sublime.

— Está falando sério?

Bastou olhar para o rosto dele. Mahendra tomou sua mão e a beijou, do jeito antigo. O salto para trás, para o passado, foi imediato. Sentiu-se transportada.

Só então, e por um momento fugaz que tratou de tirar da cabeça, pensou que, com aquela roupa, a semelhança com Pushpa talvez fosse alguma coisa mais do que um mero acaso.

Embora Mahendra não parecesse ter notado.

Seus olhos eram um canto de vida.

— Não sabia que você tinha um sári.

— Não sabia que ia vesti-lo.

— Venha.

— Que estamos celebrando?

Mahendra parou.

— Tua partida que se aproxima, teu regresso futuro, minha volta ao mundo, esta noite tão bela... Há tantas coisas para comemorar que todas servem. Não acha? O importante é ter um motivo.

— Você está irreconhecível.

— Pela roupa?

— Por você mesmo.

— Sílvia de Barcelona, Espanha, obrigado.

Não perguntou por que, nem se mostrou surpresa. Nem era o caso de continuar com aquele prólogo celestial. Levada pela mão por seu anfitrião, saíram para o terraço. Atrás deles veio Pankaj, solícito. Encarregou-se de pôr música indiana, uma envolvente raga conduzida pelo *sitar*; o tabla, a *tamboura*, o *sarod*, o *mridagam*, a *khangira* e o restante dos mágicos instrumentos da música do país. Depois, encheu a mesa com a comida que ele mesmo havia preparado. Eram duas pessoas, e havia suficiente para uma dúzia. Teve exata consciência de que, para muitos, podia chegar a ser um luxo oriental, ainda que, sob esse nome, qualquer um imaginasse o verdadeiro Oriente, China, Japão...

— Mahendra, é muita coisa.

— Não para você.

— Ora, não seja bobo.

— Sou?

— Você sabe que não gosto dessas coisas, desses mimos, não me sinto à vontade.

— Estamos na Índia.

— Se você disser isso mais uma vez, te mato.

— Mas...

— Mahendra!

Deu um pulo e levantou as sobrancelhas. Mais um tento: Sílvia apostou que era a primeira pessoa, homem ou mulher, que gritava com ele, e dentro de sua própria casa.

— Venha, ensine-me a dançar sua música — pediu, mudando de expressão e de tom. — Nos filmes sempre dançam de um jeito... Como é mesmo? Vamos, um pouco, antes de comer.

○ ○ ◯ ○ ○

Era verdade que estava magra, que tinha perdido peso, mas, depois daquele jantar, com certeza tinha recuperado uns dois quilos. Não aguentava mais. Todos os pratos eram especiais, dignos da melhor e mais alta cozinha. Pankaj tinha tido a delicadeza de não fazê-los picantes, e, se algum excedia o mínimo aconselhável para um estômago ocidental, ele avisava antes, para que ela não fosse pega de surpresa. Provou todos eles, até a profusão de sobremesas. Por um lado lamentou que estivessem sozinhos, que Mahendra não tivesse convidado ninguém mais. Por outro apreciava a deferência, o egocêntrico prazer que sentia sendo objeto de toda aquela atenção.

Nunca tinha experimentado, mas naquele momento sentia-se como se estivesse sob o efeito de uma droga.

Estava agitada.

Sua mente ia mais depressa do que o corpo.

Ou seria o contrário?

– Obrigada por uma noite perfeita – olhou o lago e pensou em entrar nele, jogar-se de cabeça na água.

Por que o cadáver de Pushpa continuava ali dentro? Por que o lago o retinha tão amorosamente? Também era porque estavam na Índia, e essas coisas aconteciam ali, e não em qualquer outro lugar?

– Obrigado a você por um verão perfeito.

– Acho que bebi demais.

– Pode dormir aqui, se quiser. Pankaj pode preparar um quarto para você.

– Você sabe que não posso.

Nem conseguiria dormir.

– Então, fique descansada, ele leva você de volta.

– Se minha mãe o conhecesse, o roubaria de você.

– Ou quem sabe, se eu conhecesse sua mãe, eu a roubasse.

— Santo Deus... — riu. — Meu pai ia precisar dizer alguma coisa a respeito disso, não acha?

— Que você espera da vida agora, Sílvia?

— Pois... no curto prazo, o mais natural: continuar estudando, lutando contra meio mundo, aferrada às minhas convicções...

— Vai voltar?

— Quero — baixou os olhos. — Acho que sim.

— Como médica?

— E como pessoa. Isso abre os teus sentidos.

— Vou esperar.

Sentiu uma pontada de medo.

— Não, não faça isso. Não espere nunca por ninguém, e ainda mais durante tanto tempo. Um ano, santo Deus!

— Estou esperando há cinco — Mahendra voltou o olhar para o lago.

Sílvia não soube o que dizer.

— Que significou para você este verão? — ele voltou a perguntar.

Sem opção para a nostalgia. Não naquela noite.

— Um ponto de inflexão, está claro para mim — disse ela. — Haverá um antes e um depois em minha vida. Pela primeira vez estive sozinha, fui autossuficiente, fiz o que realmente queria, me senti útil, importante.

— Muitas coisas para um só verão.

— Não, está enganado, é uma coisa só.

Sabia que quando estivesse em Barcelona, e mais ainda, no rigor do inverno, teria saudade daquilo tudo.

Seus amigos e amigas não tinham nada a ver com Mahendra ou com Leo. Nem com Elisabet Roca. Pensou se o sári a fazia sentir-se estranha, como uma autêntica indiana. Sentia-se plenamente integrada.

Estava ficando tarde e não queria olhar para o relógio.

— Posso pedir uma coisa? — perguntou o dono de Pashbar.

— Claro.

— Posso te beijar?

O arrepio a atravessou de cima a baixo. Foi uma descarga completa, tensa, que não apenas a pôs em guarda. Toda a paz de sua mente se transformou em guerra. O jantar se revirou no seu estômago.

Tinha cometido um erro quando vestiu o sári. Agora via claramente.

Embora ele só estivesse pedindo um beijo.

— Não, Mahendra, não... por favor.

— Um beijo, uma recordação de você.

— Você sabe que é mais do que isso — pensou em Arthur. — Seria...

— Uma chave — ele sorriu com candura especial.

— Não sei, mas não posso permitir. Não seria justo.

— Para quem?

Continuava pensando em Arthur.

— Para você... Para mim...

— Sílvia, você falou que sua vida tem um sentido agora. Você podia me ajudar a dar sentido para a minha.

— O sentido da sua vida está em enterrar o passado, sair daqui.

— É o que estou procurando.

— Mas tem que fazer isso sozinho, enfrentar tudo o que precisa.

A noite tinha perdido a magia. Sentia-se culpada, como se tivesse fracassado. Mahendra, no entanto, sorria, pleno, valente. Olhava para ela com os olhos cristalinos, e se sentiu nua ante eles.

O sonho tinha chegado à última fronteira, mais perigosa.

— Devo ir — sussurrou.

Sob a noite imóvel, repentinamente quieta, Mahendra pôs uma mão na mão dela. Só isso. Apertou-a uma vez, de maneira carinhosa, depois a retirou e foi saindo para ir buscar Pankaj.

O automóvel parou na rodovia. Sílvia não quis que entrasse, para não acordar os que dormiam. Pankaj quase desceu para abrir a porta, mas ela desceu antes. Desejou boa noite, o serviçal de Mahendra inclinou a cabeça, e isso foi tudo.

Ou quase.

— Obrigado por devolver o sorriso ao rosto dele — disse o homem.

Sílvia olhou para ele uns segundos. Não era um criado, era muito mais, uma espécie de anjo da guarda, de pai secreto. Não se sentiu mal com aquela sinceridade. Sorriu e sentiu renascer um pouco da paz que acabara de perder.

— Cuide dele — suspirou com afeto.

Ficou ali, quieta, enquanto o elegante Packard se distanciava, de volta para casa, e só se mexeu quando as luzes traseiras desapareceram na escuridão.

A noite era linda, como sempre, e o ar estava cheio de aromas e promessas.

Estava sem sono. A tentativa de Mahendra e sua negativa formavam uma bola em sua cabeça. Pesava. Escutava as vozes. Umas gritando que não era mais do que um beijo, um agrado e um presente, outras diziam que não, que era um passo muito importante e decisivo, especialmente para ele. As vozes não se punham de acordo.

Andou sem pressa pela esplanada interior do RHT em direção aos bangalôs, mas, quando chegou perto, não foi para o seu, ao contrário, desviou-se, deu a volta e caminhou até o lago. Da margem, a água era um espelho que refletia as luzes, a luz da lua e a luz do aposento de Pushpa no palácio. O único som era o das rãs.

Não chegou a alcançar seu destino.

Parou, súbito, ao ver dois corpos abraçados. Beijando-se.

Havia luz suficiente, porque era quase Lua cheia, e reconheceu sem dificuldade os protagonistas daquela cena insólita. Os traços eram inconfundíveis, a roupa, o cabelo, o porte do homem, as formas da mulher...

Elisabet Roca e Lorenzo Giner.

Sílvia ficou muda, com o coração batendo a mil.

O beijo era longo, doce, cheio de todas as promessas de um amanhã.

Voltou devagar, sem fazer barulho, afastando-se deles, e, agora sim, voltou para o seu bangalô para deitar, com a cabeça cheia de sonhos.

CAPÍTULO DEZOITO

Naquela manhã Viji não apareceu. Por causa disso, acordou um pouco mais tarde do que o normal, com o sobressalto dos despertares bruscos. Foi rápido para o banho e se vestiu. Quando viu a doutora Roca, lembrou da mágica cena da noite anterior, mas, além de não dizer nada, dissimulou para não dar na vista.

Elisabet Roca parecia normal.

Mas logo viu que não era bem assim. Percebeu isso no momento em que os olhos dela se perderam, longe, e ficou distraída, encantada, com a cabeça em outro lugar. Na segunda vez que aconteceu, logo em seguida, soube que era verdade, que Lorenzo Giner tinha tomado uma atitude e que ela o havia aceitado.

Como era o amor da maturidade?

Por que tinha que ser diferente?

Bastava vê-la, sentir sua emoção, fixar-se nos detalhes. Tudo era igual e, ao mesmo tempo, diferente. Seu rosto emitia uma nova luz. O sorriso era sereno. Pairava no ar.

Ficariam juntos o resto dos seus dias.

Não houve complicações pela manhã, mas só teve um minuto para ir ver Lakshmi duas horas mais tarde. Foi rápida, sentindo-se mais forte do que nunca. Pelo menos uma das peças daquele quebra-cabeça de verão tinha se encaixado, e começava a ter a sensação de que o resto podia ter bom resultado se parasse para pensar um pouco. Só não estava otimista em relação a Mahendra.

Lorenzo e Elisabet tinham lhe devolvido a esperança.

Os pacientes da seção a viram entrar agitando o ar com sua passagem. Alguém, depois de olhar para ela, deslizou a vista para a cama vazia de Lakshmi. Sílvia percebeu, sentindo o golpe no estômago.

— Lakshmi... — gemeu.

Outra Sahira, outra morte espantosa e inútil, outro ponto perdido na memória da Índia, como uma mãe gigantesca, capaz de devorar seus filhos.

Sentiu os joelhos se dobrando.

Ficou com medo de desmaiar outra vez.

Até que, atrás dela, escutou a voz de uma das enfermeiras locais.

— Sua amiga está fora de perigo e vai se recuperar. Leo está examinando-a agora. Felicidades.

Felicidades.

Sílvia levou as mãos ao rosto e, vencendo o pânico que a tinha dominado, começou a chorar como uma criança assustada.

○ ○ ◯ ○ ○

Elisabet Roca viu-a entrar. Parecia mais determinada. Era como se estivesse sendo empurrada por todos os ventos e dominada por todas as forças de sua poderosa juventude.

— Tem um minuto?

— Dois. O que está acontecendo? — reparou nos olhos úmidos dela.

— Lakshmi Madurian — anunciou Sílvia. — Está fora de perigo, vai ficar boa.

— Fico feliz. Quase tanto por você como por ela — a doutora se deixou cair para trás, soltando um leve suspiro de alívio. — Você tinha encarado isso quase como uma coisa pessoal.

— Continuo encarando como coisa pessoal.

— Devo tremer?

— Que vamos fazer com ela agora, deixá-la outra vez na rua quando sarar?

— Não, claro.

— Não tem ninguém e... — parou de falar com veemência ao tomar consciência do que a mulher tinha falado. — Ah, não?

— Se se recuperasse, eu pensava falar com a fundação para que a acolhessem.

Sílvia também suspirou. O ar, ainda que eternamente morno, a recompôs e aliviou sua cabeça, os pulmões, a tensão que sentia no pescoço, as costas e as articulações. Foi um bálsamo.

— Obrigada.

— Não me agradeça.

— Eu...— as lágrimas brotavam fortes. — Queria dizer a você que gostaria de adotá-la.

— Você não pode levá-la para a Espanha.

— Adotá-la aqui, sabe?

— Claro, desculpe. É que conhecendo você como conheço, já pensei...

— Pagarei a educação dela, e tudo o que necessitar. Não quero que seja uma adoção como as outras, com uma cartinha no final do ano, uma foto, e, aos treze ou quatorze anos, adeus, e, se quiser, adote outra. Quero que essa menina saiba que tem a mim.

— De acordo, falarei com eles.

— E desculpe que...

— Achava que íamos deixá-la outra vez sozinha na rua, que a tínhamos curado para isso?

— Já nem sei o que pensar. Há momentos...

— Há momentos em que você continua querendo salvar o mundo inteiro e não é capaz, sei disso. E outros em que você se comporta como uma pessoa adulta e compreende que as coisas devem ser feitas, passo a passo, mesmo que nos pareça sempre pouco.

— Quando você mudou?

— E quem disse que eu mudei?

Sorriram. E relaxaram. Elisabet Roca fez outra coisa: levantou-se, abriu os braços e abraçou-a. Sílvia agradeceu mais do que podia expressar com palavras. Fechou os olhos, e o resto de seu pranto escorreu por seu rosto, até o queixo, molhando a roupa da mulher. Então se lembrou que, na noite anterior, a tinha visto abraçada ao companheiro de maturidade e velhice.

Ficou na tentação de lhe contar o acontecido com Mahendra, mas compreendeu que isso era problema seu. Ninguém o conhecia melhor do que ela depois de tantas horas de conversa em Pashbar.

— Às vezes a vida é até justa — separou-se da doutora.

— Depende se está a nosso favor ou se nos atropela — argumentou, sábia.

Sílvia se aproximou da porta. Falou, sem conseguir ficar de boca fechada.

— Estou achando você diferente esta manhã. Parece mais feliz.

Piscou um olho para ela e saiu dali deixando-a sozinha e perplexa.

Tinha passado parte da manhã olhando a casa de Mahendra, cheia de pensamentos ariscos, ideias cruzadas, sustos de tensão e momentos de angústia.

Estava se sentindo covarde.

Quando ele lhe pediu aquele beijo, teve medo. Muito medo. Era absurdo, porque já não eram crianças, embora ele continuasse ancorado em seu passado. Não tinha importância que o tivesse feito tão educadamente, em vez de agarrá-la e atirar-se. Na Espanha, se um amigo íntimo lhe tivesse pedido um beijo, teria dado. Um beijo para valer, não apenas um toque nos lábios. Não tinha nada a ver com o fato de estar apaixonada e ter namorado. Um beijo continuava a ser a mostra da mais pura ternura. Mahendra, mais do que pedir, tinha suplicado. Muitas pessoas colecionavam coisas, e outras guardavam recordações. O beijo talvez fosse o mais importante para ele naquele momento. Precisava disso.

Embora sempre existisse o perigo de que, em pleno arrebatamento, perdesse a cabeça, a desejasse, tentasse...

— Foi a comida, o vinho, o sári — repetiu para si mesma algumas vezes.

Sentia pena de Mahendra, e isso não era bom. Quando uma pessoa sente pena de outra, tudo fica confuso, a amizade se torna servidão, e a servidão é frágil. Amizade significa compartilhar, não dominar. A admiração por tudo que dizia respeito à sua postura e seu legado ancestral tinha cedido lugar a outro tipo de relação, quase fraternal.

E, no entanto, era um homem fascinante.

Qualquer pessoa, homem ou mulher, deveria agradecer se alguém se apaixonasse por ela, especialmente nestes tempos em que se fala muito de amor, todo mundo utiliza a palavra, mas poucos a praticam.

Estava falando sozinha, sinal de que estava ficando louca ou preocupada.

Compreendeu que, se Mahendra tinha rompido cinco anos de isolamento por ela, isso era uma honra.

E tinha saído correndo.

Lakshmi era a criança mais feliz do mundo.

Ela se recuperava, sabia que ia viver, e já tinham lhe falado que não iria voltar para aquela vida sem futuro, que ia ter uma oportunidade de estudar, de crescer livre, de sentir-se útil em uma sociedade que se dispunha a estender a mão para ela. Também sabia que, além dos médicos que a tinham curado, Silvia era sua fada madrinha. Seria sua mãe a distância, embora ela não gostasse de distâncias.

— Nós estamos aqui — Sílvia pôs o dedo no mapa —, mas eu moro aqui, muito, muito longe. Para chegar, é preciso ir voando pelo céu.

A enfermeira que servia de intérprete era uma das mais jovens do RHT, pele escura, corpo esbelto. Também tinha, um dia, chegado à fundação, com a mãe moribunda, sem nada, e depois quis ficar e colaborar, dar uma mão para que outras como ela conseguissem a mesma coisa.

Lakshmi era o último elo dessa cadeia até agora.

— Ela quer saber se um dia poderá ir visitar você, voando pelo ar.

— Diga que sim, quando crescer e for maior de idade.

A garota disse isso. A menina indiana não tinha perdido o costume de ficar agarrada à mão de Sílvia. Ainda estava muito fraca, e tinha a venda no olho operado, mas aquele contato era seu ponto de apoio, de conexão com a esperança. Sua voz era um barulhinho cristalino, o novo canto de um passarinho disposto a bater as asas.

— Diz que quando puder tecerá uma almofada para você.

— Não — Sílvia balançou a cabeça de um lado para

o outro. — Se um dia tecer uma almofada, que seja um motivo de orgulho, uma festa. Tudo o que fez antes não conta mais. Foi um pesadelo.

A tradução foi rápida, e a resposta também.

— Diz que será um presente.

— Então está certo — suspirou aceitando.

Foi convencida de que precisava ir embora dali, trabalhar, cuidar de outras pessoas, crianças como ela. Lakshmi soltou a mão dela, e já não mostrava medo algum. A mudança tinha sido brutal. Arrancada das garras da morte e lançada ao céu.

Ela também estava batendo à porta.

Sílvia deixou a ala do hospital onde sua protegida se recuperava. Encurtou pela esplanada com a cabeça estourando. Ainda tinha um monte de coisas para resolver antes de fazer a mala e começar a despedir-se. Não sabia como ia fazer. Além disso, não gostava de despedidas. Ficava aborrecida. Eram necessárias, mas a aborreciam. Alguém sempre acabava chorando, e ela ia atrás, com suas lágrimas fáceis. Se chorava nos acampamentos de verão de sua infância, onde passava bons momentos, como não ia chorar ali, depois de semanas tão intensas atuando como meio campo entre a vida e a morte?

E estava sobrando o pior e mais longo caminho, o que levava a Pashbar.

Como ia se despedir de Mahendra?

Tinha seu nome na mente quando deu uma parada seca.

O carro corria pela rodovia. Corria de verdade,

levantando uma nuvem de poeira que flutuava como névoa ocre. Não teve a menor dúvida: era o Packard que Pankaj sempre conduzia, único, inconfundível. Mas Pankaj jamais teria ido tão rápido.

A não ser que alguma coisa grave...

Sentiu um estremecimento, reagiu ao alarido do seu instinto.

— Mahendra... — sussurrou.

Vacilou dois, três segundos, o tempo que demorou para compreender que não se enganara, que alguma coisa mais grave estava acontecendo, enquanto o veículo soava a buzina e freava subitamente ao chegar ao hospital. Sílvia correu.

A doutora Roca e duas moças, alertadas pelo barulho, chegaram antes, prontas para a emergência. Pankaj saltou de seu assento, abriu a porta de trás e tentou tirar, desesperado, um corpo estendido e inerte. Disse alguma coisa, que o tinha encontrado no chão, que não sabia o que tinha acontecido, nem quando. As vozes se misturavam com a primeira visão do sangue.

— Mahendra! — Sílvia soltou um grito, correndo ainda mais.

Não a deixaram entrar naquele estado. Embora precária, a sala de cirurgia tinha certo isolamento, na justa medida para impedir a contaminação exterior. Nele estavam Mahendra, Elisabet Roca e Lorenzo

Giner, além de uma das voluntárias francesas e uma das enfermeiras indianas.

Fora estavam Pankaj e ela, além de Leo, que procurava serená-la.

— Vamos, fique calma.

— É culpa minha.

— Que está dizendo?

Não queria contar, mas lhe queimava na alma.

— Me deixe, tá bom?

— Nem pensar.

— Não tem nada melhor para fazer?

— Agora não — Leo foi incisivo.

Agradeceu. No fundo, ficou agradecida. Sua cabeça dava voltas. Não conseguia tirar da mente aquela imagem ferida, desarrumada, o corpo de Mahendra nos braços de Pankaj, a profundidade da ferida no couro cabeludo, a profusão terrível e sempre escandalosa do sangue...

Moveu-se para frente e para trás, para frente e para trás, incapaz de sossegar, submetida à maior das pressões, perguntando-se tantas coisas que não cabiam em sua alma.

— Você o ama?

A pergunta a atravessou. Estava vazia, mergulhada em nuvens cinzentas. Olhou para Leo e compreendeu que perguntava a sério.

— Não! — gemeu.

— Então...

— Como pode pensar isso?

— Todo esse tempo na casa dele. Não sei.
— Somos amigos!
— Como nós?

O nó da questão. A pergunta na realidade era aquela. Sílvia sentiu o sangue se acelerar. Já tinha ferido um. Não queria ferir o outro. A resposta, não obstante, saiu de seus lábios segura e doce.

— É claro.

Amigos.

Levantou a mão direita, colocou-a na face direita de Leo e lhe beijou a esquerda.

Suficiente.

Foi a hora mais longa de sua vida em muito tempo. Uma hora silenciosa, depois do beijo em Leo e da paz que lhe veio em seguida, mas ansiosa e cheia de maus pressságios pelo fantasma negro que sobrevoava suas cabeças. Pankaj era uma máscara. Com a roupa suja de sangue, não tirava os olhos do chão, imóvel. Se rezava, o fazia para si mesmo. Sua vida e seu destino estavam completamente unidos ao de seu amo, embora sua atitude nunca tivesse sido servil, mas a de um pai oculto, um irmão calado, um amigo discreto, o fiel servidor que cuidava e protegia de corpo e alma o herdeiro de uma dinastia prestes a desaparecer.

O anjo da guarda, como o tinha visto Sílvia na noite anterior.

Quando Leo precisou se retirar, chamado pelo dever, ficaram só os dois.

Então Sílvia se aproximou dele.

Pôs uma mão sobre as dele.

— Pankaj...

O homem afundou a cabeça um pouco mais.

— Falou alguma coisa com você ontem à noite, ou de manhã?

— Não o vi mais, senhorita. Ele se deitou enquanto eu a trazia de volta. Esta manhã achei que ele ainda dormia, ou que estivesse trabalhando. Não me chamou para nada. Quando fecha a porta do escritório não quer ser importunado. Precisei resolver alguns problemas e me ausentei de Pashbar. Quando voltei, como já era tarde, a hora do almoço, subi para perguntar o que queria comer, se ia tomar banho...

— Como...?

— Não sei, não sei — repetiu assustado.

Restabeleceu-se o silêncio, e assim os dois ficaram por longos minutos.

Até que aquela porta se abriu.

Levantaram-se os dois, ao mesmo tempo, ao ver sair Elisabet Roca. A doutora não deixou que eles olhassem para o interior da sala de cirurgia. Fechou a porta atrás de si. O sorriso no rosto dela foi um sinal de alívio.

— Vai viver, está fora de perigo — falou.

Pankaj pronunciou alguma coisa que não entenderam. Sílvia levou as mãos ao rosto e afogou um grito.

— De qualquer maneira, vai ter que passar quarenta e oito horas em observação. Os golpes na cabeça são sempre ruins e podem surgir complicações — tranquilizou-os —, que espero não aconteçam. A ferida foi limpa. Lorenzo está terminando. Em poucos dias não será mais do que uma lembrança desagradável.

Pankaj quis beijar as mãos dela. Elisabet Roca não deixou. Tomou as dele e apertou-as com força. O rosto do criado estava inundado de amanheceres.

— Vamos, vamos, podia ter acontecido o pior, mas, no final, não foi nada — acalmou-os um pouco mais. — Esse tipo de golpe sempre machuca, mas, como é jovem e tem bons reflexos, ao cair, ele amorteceu o baque o suficiente.

Sílvia ficou sem ar.

— Ao cair? — vacilou.

— Tudo indica que escorregou ou tropeçou em alguma coisa. Pela forma da ferida e pelo tipo de contusão...

— Então não se...?

Elisabet Roca olhou para ela levantando as sobrancelhas.

— Não se o quê...?

— Não foi uma tentativa de suicídio? — completou a frase.

— Mahendra? — a surpresa da doutora não teve limites. — Evidente que não, querida, por que faria semelhante estupidez?

Ela se sentiu ridícula. Aliviada, mas ridícula.

A última página de seu drama, de sua novela

indiana, se convertia em um vulgar acidente.

Felizmente vulgar.

— Oh, Elisabet! — voltou a se emocionar, mas agora sentindo um relaxamento intenso, que a empurrou para os braços da mulher com a mesma intensidade ou mais do que tinha feito ao se levantar e pactuar com ela o futuro de Lakshmi.

CAPÍTULO DEZENOVE

A cópia impressa do *e-mail* de Arthur tremia nas mãos dela. Tanto que, quando começou a ler, se confundiu, incapaz de assimilar as palavras. Precisou parar, respirar e recomeçar a leitura.

"Sílvia, teu *e-mail* me ajudou a ver as coisas claras, e desculpe a demora em responder, mas não tive outro jeito, senão escapar, sumir nestes últimos dias de verão, e acabei lendo só quando voltei para casa. Foi uma comoção, o despertar depois do pesadelo. Sei que fui um completo idiota. Eu sabia, mas é sempre difícil reconhecer os próprios erros. Este verão foi horrível sem você. Pela primeira vez senti o que é o vazio, o nada mais absoluto. Estava com amigos e amigas, mas não conseguia escutá-los sem sentir dor ou pena. Eles me pareciam sem graça, sem alma. Procurei não parar, me divertir, mas, sem você, não é a mesma coisa. Dizem que você sabe o que tem quando perde. Sei que não te perdi, mas quase. Amor, se você é Miss ONG, eu sou Mister Imbecil, o Campeão Mundial dos Estúpidos. É preciso ter muita coragem para fazer o que você fez, desafiando seus pais, tentando demonstrar-me que a felicidade e a liberdade passam pela compreensão e o apoio dos que nos amam. Acho que a raiva é má conselheira do amor. A raiva se associa à impotência. Eu queria te segurar, mas você é como o vento e a água: mão nenhuma é capaz de prender sua essência. Sentia inveja dessas crianças ou adultos aos quais você se entregou neste verão. Pensava que eu e ninguém mais que eu merecia o presente da tua voz e do teu sorriso, carinhos e beijos. Agora não sei se pedir perdão é suficiente.

Sabe de uma coisa, amor? Tenho escrito poesias. Que tal? Eu, o futuro economista, com a cabeça sempre cheia de números, renasci, transformado em poeta. Mas foram tantas noites de solidão, tantos pensamentos torturados, algumas vezes por seu silêncio, e outras por esses fragmentos que você me enviou a distância. Seu último *e-mail* dizia que aí as coisas acontecem muito rápido e que, às vezes, são inexplicáveis. Você dizia que num dia se achava forte e desmoronava, e no outro se sentia fraca, mas tirava forças não sabia de onde. Dizia, por último, que estava descobrindo que não tinha limites. Essas frases me fizeram compreender ainda mais a natureza da sua entrega. Continha tanta alegria e tanta dor ao mesmo tempo, mas acima de tudo, tanto de você, da sua coragem! Quando voltar, quero que você ria e chore comigo, não sozinha. E que cante sem sofrer, como você relata antes de perguntar se pode contar comigo.

Você pode, Sílvia. Se ainda é tempo, pode. Conte comigo. Se você achar que já não sirvo, entenderei. Falhei com você no momento mais importante. Não sei como poderei compensar o que você sofreu estas semanas. Mas eu te amo. Não duvide disso. Um dia dissemos que o que havia entre nós era especial, diferente. Eu me agarro a isso.

Já falei que sim, que te amo, agora... posso contar como estou, o que estou pensando? Pois estou aniquilado, acho que sou uma merda. De que cor é o nosso céu? Da cor que você quiser, vamos entrelaçá-lo agora, de arco-íris e pura luz. Tua última pergunta é muito simples, e a resposta também: sim, vamos bater à porta do céu, como disse Dylan. E faremos isso com os punhos se for preciso.

Se você me perdoa, aqui estou.

Te amo.

Arthur."

○ ○ ◉ ○ ○

Sílvia olhou a hora, há quanto tempo estava ao telefone. Embora fosse uma chamada a cobrar, não queria monopolizar o aparelho. Já tinham falado tudo o que tinham para dizer, ainda mais que a volta seria logo, em dois dias estaria em casa.

— Mamãe, uma última coisa que quero falar, e é muito importante — conseguiu falar.

— Que é?

— Vão dar uma bolsa a um tal Leonardo Marin Acosta. Bem, a bolsa ele já recebe, mas, pelo visto, alguma coisa está acontecendo e não querem renová-la, ou há algum problema. Darei os detalhes quando chegar.

— Quem vai dar a bolsa?

— É nisso que você vai ter que dar um jeito.

— Não entendo.

— É muito simples. Aqui há um voluntário, como eu, que é um gênio em sua especialidade, a oftalmologia. Mas tem princípios, ideias próprias, e você sabe como isso é ruim para quem manda. Está quase terminando o curso, mas vão fechar a torneira, está entendendo?

— E você quer que eu...?

— O que Cristina Olivella não conseguir ninguém conseguirá. Mas, ainda que você não conseguisse, Leo terminará o curso do mesmo jeito porque você irá se tornar uma pessoa altruísta que vai financiar essa bolsa, certo?

Falou isso em um tom que não admitia réplica.

— Quem é esse tal Leonardo?

— Um amigo.

— Nada mais?

— O melhor.

— E isso significa...?

— Significa o que já falei, e não pense em mais nada, porque o assunto é outro. Conforme já falei, é um amigo, mas amigo de verdade, dos que podem ser encontrados aqui. Não diziam que na guerra você só pode confiar em um companheiro? Pois nesta guerra ele é o companheiro perfeito. Eu continuo apaixonada pelo Arthur, e ele por mim. Tudo isso serviu para descobrirmos o que somos e o que queremos.

— Fico feliz pelos dois — suspirou a mãe.

— Ah, muito importante! — lembrou de alguma

coisa. — Leo não pode saber que eu estou por trás disso, está bem? Nem eu nem você nem o papai... a bolsa dele será renovada para que termine o curso e ponto.

— Por que você não quer que ele saiba? É orgulhoso?

— Não é por causa do orgulho dele, mas do meu. Há alguns mandamentos do bom voluntário, sabe? Vou ler para você quando voltar. Dizem coisas como "Não ajudarás a quem não ajuda a si mesmo", "Te convencerás de que a finalidade do voluntário é desaparecer", "Aceitarás que a meta não é ser querido pelos pobres"... O importante não é o que se dá, mamãe, mas como se dá.

— Temos muito que conversar na sua volta — confessou a mulher.

— Não é o único assunto pendente — Sílvia foi fundo. — Agora quero falar com o papai.

— Não está em casa, meu bem.

— Ah, maldição — resmungou.

— Estou te achando muito... não sei, combativa — vacilou sua mãe.

— Estou — sorriu. — Mas fique tranquila, as brigas acabaram. Preciso falar com ele para prepará-lo, dizer o que vou fazer quando chegar e no futuro. E posso garantir que, se não gostar, sentirei muito, mas é a minha vida. Não vou mais discutir, nem tentar convencê-lo.

— Acho que não será necessário — disse Cristina Olivella.

— Ah, não?

— Ontem à noite conversamos muito, os dois, quase nem dormimos — fez uma ligeira inflexão como se fosse um remanso de paz envolvente. — Disse que esses meses sem você foram os piores da vida, porque, afora as discussões, você e seu irmão são a vida dele, e você é o xodó, embora sempre tenha parecido que o trabalho era tudo e que seu caráter fosse o de um tirano.

— Tem sido um tirano, mamãe — interrompeu-a.

— Não diga isso.

— Que mais falou ontem à noite?

— Finalmente entende o que você fez e respeita você por isso. Compreende que você tem dezenove anos, um caráter forte, uma personalidade acentuada, que você sempre quis ser médica, não por obrigação nem para seguir nossos passos, mas por paixão própria. Não concordou com sua viagem porque você ia para muito longe, ficou com medo, mas deu ainda mais valor a você, e agora ele mesmo começa a mudar, a aceitar que a medicina atual... Não sei, é como se tivesse voltado às origens. Sempre quis ser um moderno Frankenstein, é sua especialidade, mas nesta última semana tem trabalhado comigo, não em sua clínica, recompondo rostos de pessoas acidentadas e não exatamente ricas, que podem pagar. Muito pelo contrário. Gente do Serviço Social de Saúde que precisava de complicadas reconstruções faciais e coisas assim. Você sabe que ele é o melhor nisso.

— Papai trabalhando para o Serviço de Saúde? Não posso acreditar.

— Pois é como você está escutando. No fundo, é como o arqueólogo que encontra uma tumba cheia de maravilhas. Um rosto desfeito que ajuda a recompor, osso a osso, é isso para ele. É um mago. E me confessou que tinha esquecido esse espírito, que o tinha perdido em algum lugar no caminho. E se o encontrou, deve a você.

Teve que se apoiar na mesa.

Talvez não houvesse nenhuma discussão, nem qualquer tormenta.

— Bom, isso me ajuda — suspirou longamente.

— Em quê?

— Teremos mudanças, mamãe.

— Imaginei — o tom não foi de dor, apenas de compreensão.

— Conto com você?

— Conte com os dois, meu amor.

Finalmente, uma porta aberta.

Seria uma volta densa: Arthur, seu pai, seus novos planos...

Viver.

— Quando posso ligar para falar com o papai? — foi sua última pergunta.

Mahendra estava com a cabeça coberta com ataduras e um pequeno ventilador aos pés da cama, para movimentar o ar. Pelo menos, considerando que aquelas terras eram suas, dispunha de certa comodidade, um quarto só para ele. A penumbra deixava mais ostensiva a arrumação de gazes brancas. Dava a impressão de ser um turbante e que só lhe faltasse um broche no lado para deixá-lo mais solene. Quando Sílvia fechou a porta, Pankaj ficou do lado de fora, de guarda.

O ferido sorriu ao reconhecê-la.

— Olá — cumprimentou-a primeiro.

— Como você está?

— Cabeça-dura — disse o mais normal em casos como aquele. — Bem.

— Me deram licença para entrar cinco minutos.

— Só isso?

— É, sinto muito. Não pode se cansar.

— Você não me cansa.

Sílvia pegou a mão dele e acariciou os dedos.

— Você nos deu um belo susto.

— Escorreguei, pode imaginar? Nunca me senti tão estúpido.

— Pode acontecer com qualquer um.

— Não comigo — brincou com sua nobreza. — Quando você viaja?

— Amanhã depois do almoço. Dormirei em Mysore e, no dia seguinte, Bombaim e Espanha. Venho me despedir, não se preocupe.

— Foi tudo muito rápido, não foi?

A dimensão das coisas é dada pelo tempo, mas não o tempo real, o que transcorre enquanto estamos vivendo as situações, mas o posterior, o tempo em que paramos e olhamos para trás. A perspectiva é sempre a mesma.

Rapidez.

— É — ela reconheceu.

— Quero que saiba que devo muito a você, Sílvia de Barcelona, Espanha.

— Bobagem.

— Queria que você ficasse aqui.

— Voltarei.

— Não será a mesma coisa. Um ano é muito tempo.

— Depende de para quê.

— "O tempo é muito lento para os que esperam, muito rápido para os que têm medo, muito comprido para os aflitos, muito curto para os alegres, mas, para os que amam, o tempo é uma eternidade"[11], disse alguém certa vez.

Sílvia apertou a mão dele. Tinha coisas para fazer e não queria chorar.

— Para mim o tempo é o que nos dá a vida para realizar as esperanças — falou devagar.

— Você mudou.

— Eu sei.

— A Índia é poderosa, não é?

— Nos obriga.

— A quê?

— A tudo, mas especialmente a nós que viemos aqui, como eu vim, a tomar decisões, enfrentar a vida, e, no meu caso, obrigou-me a ser eu mesma.

---

11 Tradução livre de parte do poema "Katrina's Sundial" de Henry van Dyke. O poema foi inspiração para a música "Time is", do grupo It's a Beautiful Day.

— Então você é como a Índia — disse Mahendra. — Vou sair de Pashbar, vou abrir a casa de Mysore, talvez viaje um pouco, pela região, pelo país. Eu não teria chegado a isso sem você — sua voz estava carregada de significados. — Quero viver, Sílvia. Se houve uma oportunidade para mim, pode ser que haja outra.

— Então estamos no mesmo pé — ela confessou. — Sua companhia nestas semanas, seu afeto...

— Afeto é uma palavra muito insignificante para descrever o que sinto.

Sílvia tornou a lembrar daquela frase: "Não somos feitos do que somos, mas do que nos falta para completar-nos, aquilo que desejamos".

No final das contas, o que completava os seres humanos era quase sempre a mesma coisa: o amor.

— Quero te dar uma coisa.

— Que é?

Mahendra não esperava, surpreendeu-se com a atitude de sua visita. Sílvia inclinou-se sobre ele, entreabriu os lábios, fechou os olhos com ternura e beijou-o, devagar, com entrega, obrigando-o a superar a surpresa e reagir. Ela sentiu que relaxava e, depois do entorpecimento inicial, dava espaço à doçura. Os lábios dele também se entreabriram para recebê-la.

Seu tempo, então, parou de contar uma breve eternidade.

Último dia, último anoitecer.

Restavam as terríveis despedidas, de voluntários e enfermeiras, de amigos e amigas, de pessoas tão singulares como Viji...

Sentia com a mesma intensidade o peso da nostalgia e a alegria da volta. Seu coração estava dividido. Sua mente também. Olhava para trás e já não via os mortos pelos quais não pudera fazer nada no hospital, via os vivos aos quais tinham aberto a porta do futuro. Os mortos eram estímulos para lutar sempre mais. Via todas as Sahiras perdidas, mas também todas as Lakshmis recuperadas. A fundação, com sua obra social, e a rede de hospitais e dispensários que trabalhavam com ela eram um símbolo. O mundo sempre seria um lugar perverso, cruel, em que espécies seriam extintas e a natureza sofreria agressões, em que o poder estaria acima da razão, em que os interesses de uns poucos atentariam contra a vida e a liberdade do resto, com políticos mentirosos e corruptos, ditadores sanguinários, loucuras de muitos tipos. Mas nesse mundo nunca faltariam pessoas dedicadas aos demais, a aliviar, mesmo que minimamente, o desastre do egoísmo e da avareza, a estupidez e a intolerância. Pessoas como Elisabet Roca e Lorenzo Giner, como Leo.

Talvez algum dia, ela mesma.

Não estava certa de poder desejar tanto.

— Em que está pensando? — perguntou a doutora.

— Oh, desculpe, me distraí.

— Quando uma mulher se distrai assim aos dezenove anos é porque está pensando em um homem.

— Pois eu não pensava em nenhum, só nisso, que parece que foi ontem que cheguei.

— Você fez um bom trabalho — ponderou Elisabet Roca.

— Está falando sério?

— Você sabe que sim, nem preciso dizer isso a você.

— Não tinha tanta certeza, de verdade. Às vezes...

— Às vezes você se sentiu fraquejar. Às vezes chorou de impotência. Às vezes... Acha que comigo não é a mesma coisa? E estou aqui toda a minha vida.

— Você sabe que vou voltar, não sabe?

— É possível.

— E quando terminar o curso...

— Não corra tanto, calma. Se não viver primeiro sua própria vida, não vai conseguir dar uma parte para os outros.

— Sei o que quero.

— Não duvido. Mas saber o que quer agora não é a mesma coisa que aceitar o que você vai querer quando chegar o momento. Também precisamos de gente lá, lutando por nós que estamos aqui. Precisamos de dinheiro, meios, compreensão.

— Entendo.

Elisabet Roca lhe tomou a mão.

— Posso fazer uma pergunta pessoal?

— Claro.

— Por que pensou que Mahendra quis se suicidar?

— Porque sou uma romântica boba.

— Está apaixonado por você?

— Não sei. Acho que nem ele mesmo sabe. Às vezes nos enganamos e acreditamos em coisas que não são verdadeiras. Da mesma forma que eu me senti fascinada pela imagem dele, pela personalidade, a fantasia que representa, ele pode ter se sentido fascinado pelo que eu represento, a ocidentalidade, o fato de ser uma mulher diferente das mulheres locais, minha maneira de ser — deu de ombros. — É um homem singular. Sabia que ele tem um banco e que oferece microcréditos?

— Sabia. O que é certo é que tem um grande coração.

— A morte da esposa e dos filhos modificou-o, isso é evidente. Sua parte indiana o faz ser como é, e sua educação ocidental o obriga a agir como age. Pelo menos consegui convencê-lo a sair de Pashbar e voltar ao mundo.

— Então vamos poder navegar de novo pelo lago.

— Não sei se chegará a tanto — admitiu Sílvia. — Falaremos disso no ano que vem.

— E Leo?

— Leo?

— Vocês se tornaram unha e carne.

— Não sei o que teria feito sem ele.

— Você também devolveu um pouco de vida a ele. Você é boa nisso.

— Oh, sim! — gemeu.

— Você tem beleza na alma, Sílvia — confiou-lhe a doutora. — Sempre acreditei que você atraía por seu físico, mas não é verdade. Ou pelo menos, se o físico é o começo, o que conta é o que vem depois. O físico é uma máscara, uma tela atrás da qual nos ocultamos, nos protegemos, ou da qual nos servimos para atuar ante os demais. Não importa se somos belas ou feias. O que importa é como nos sentimos e como o resto da humanidade nos vê. Há pessoas atraentes, mas idiotas, e percebemos isso logo de cara. Mas a luz de um rosto vai além da beleza. É um farol, atua como um chamariz. Então a pessoa chega e pode até estar no alto de um promontório rochoso e inacessível. Sua luz é diáfana, Sílvia. Já falei: vem da alma. Sempre atrairá as pessoas, mas o essencial é conservar, e você fará isso, porque é uma boa pessoa. Além disso, manterá porque o que importa é o que está dentro. E vou dizer mais, querida: não perca nunca a inocência.

— Suponho que terei que amadurecer, não é? — estava vermelha com tudo que tinha acabado de escutar.

— Uma coisa é amadurecer, outra é mudar até se tornar estúpido, ou acreditar que uma pessoa deve atuar de acordo com a idade que tem. Pura idiotice! Ser inocente não significa ficar para trás, parado na juventude. Desde quando precisamos perder os ideais ou nos esquecer deles com os anos? A inocência é o que nos torna únicos na complexidade deste mundo. Em geral, as coisas são simples, nós é que as complicamos. Apenas mantendo a inocência podemos crer, sonhar, esperar e atuar.

Sentiu-se angustiada.

Difícil saber o que dizer depois daquilo tudo.

— Obrigada, Elisabet.

— Acho que nós é que devemos agradecer a você.

Falava no plural.

E cheia de mistério.

— O doutor Giner e você?

Conseguiu surpreendê-la. Além do mais, seu sorriso a traiu.

— Como sabe...?

— Vi vocês naquela noite, e não estavam exatamente conversando.

Elisabet gargalhou. Nenhuma vergonha apareceu no rosto dela nem na voz.

— Que os céus me protejam! — protestou. — Você é uma bisbilhoteira, sabia?

○ ○ ◯ ○ ○

Leo se apoiou na porta do bangalô e cruzou os braços. Era pouca coisa, mas Sílvia já estava fazendo as malas, para evitar a correria na manhã seguinte. Podia acontecer um imprevisto até no último momento.

— Posso dobrar suas roupas de baixo se quiser — ofereceu-se.

— Não precisa.

— Queria saber de que cor elas são.

— Então não há segredo, está vendo? — mostrou-lhe várias calcinhas bem reduzidas, algumas de cores vivas, outras mais básicas.

— Isso não se faz, ainda mais no último dia — protestou ele.

— Não tivesse perguntado.

— Bem se vê que você não tem nada de acanhada e hipócrita, como essas meninas que se escandalizam com qualquer coisa.

— Se já fui, isso acabou aqui. De qualquer jeito você já tinha visto tudo isso no varal, ou não?

— Você me daria uma, de lembrança?

— Quer? — ofereceu a que tinha na mão.

— Você é descarada...

Começaram a rir. Leo saiu de onde estava, e Sílvia guardou a peça íntima na mala. Sua conversa picante terminou nesse ponto, em terra de ninguém. O rapaz continuou observando-a e ela se deixou observar.

Não podia fazer nada.

Recordou as palavras da doutora Roca.

Se Leo tinha caído...

— A gente se vê na Espanha?

— Sim, claro, de carro são só três horas ou menos.

— Mas você estará com ele.

— É possível.

— Então vou esperar até o ano que vem. Aqui, no mesmo dia, mesma hora?

Era um filme. Tinham conversado sobre ele uma noite. Certa noite, um casal se conhecia em um hotel, eles se apaixonam, mas, como os dois são casados, combinam de se encontrar um ano depois, naquele mesmo dia. Um ano depois se reencontram e continuam tão apaixonados que decidem manter o ritual. Passam anos assim, boa parte de suas vidas, e, nesses encontros pontuais, as mudanças iam aparecendo, mudanças em suas vidas e nos rumos sociais do próprio país.

— Estarei aqui — prometeu.

— Garanto que não faltarei, mas neste momento... — o rosto de Leo se anuviou ainda mais do que já estava por causa da partida dela. — Em duas semanas, quando eu voltar, vou estar no mesmo pé, sem nada, sem possibilidade de continuar o curso...

Sílvia se aproximou.

— Vai dar tudo certo.

— Você é muito otimista.

— Estou com um pressentimento — apertou o braço dele.

— Nesse caso...

— Você sabe que meu instinto funciona.

— Então vou chegar, e tudo estará resolvido — narrou, como se fosse o plano final de um filme da Disney.

— Tenha confiança.

— Em quê?

— Para começar, em você mesmo. Você tem uma estrela — apontou para o alto, acima de suas cabeças.

— Tomara que você tenha razão.

— Quer apostar o quê?

— Um jantar no ano que vem, mas você e eu sozinhos, íntimo.

— Combinado.

Sílvia aceitou.

Abraçou-o.

Nesse contato, denso e forte, escutou a voz dele,

vinda lá do fundo.

— Isto aqui vai ficar muito vazio sem você.

Sílvia o apertou com todas as suas forças, e deixou que ele a acariciasse, a sentisse.

Podia ser um presente muito pequeno, mas era tudo o que tinha para oferecer.

Só estava faltando aquilo.

Falar com seu pai.

Podia fazer isso quando chegasse, e faria, mas precisava falar com ele antes da partida, para não ter que olhar nos olhos dele e ficar tão perto que voltasse a sentir-se, de novo, uma menina temerosa. Em casa, estaria jogando em campo adversário.

Queria fechar aquele capítulo.

— Papai!

— Alô, meu bem!

— Volto amanhã. Estarei aí depois de amanhã.

— Estou sabendo. Vamos te buscar no aeroporto, todos nós, até Jordi.

— Não acredito.

— Pode acreditar. Está mansinho que só vendo.

— Sério? Então foi bom eu ter viajado.

— Bobagem — protestou ele. — Mas é verdade que neste verão deu um salto de qualidade. Ficou sozinho pela primeira vez na vida.

— Às vezes a solidão ajuda. A pessoa fica frente a

frente consigo mesma.

— Você não ficou exatamente sozinha. Sua mãe me falou de um certo Leonardo.

— É meu amigo, nada mais. Ele estava precisando de uma fada madrinha.

— Que foi você.

— É.

— Mais alguma surpresa?

— Convide o Arthur. Acho que ele também quer ir ao aeroporto.

— Então...

— Continuamos namorando.

— Você não perdeu tempo, mesmo longe.

— Papai... — mordeu o lábio, assustada.

— Fale de uma vez — sugeriu o pai, demonstrando que a conhecia bem.

— Talvez... — por que tinha falado "talvez"? Não era uma possibilidade, mas uma certeza. Tinha decidido. — Este ano vou atrás de um apartamento para... Bem...

— O apartamento de sua avó. Continua vazio. Ela gostaria. E fica pertinho de casa.

Nada de grito. Nem reclamação. O pai até sugeria...

Era incrível.

— Você não vai ficar chateado?

— Eu? Por quê?

Algumas vezes não entendia aqueles dois. E outras vezes...

— Te amo, papai.

— Eu também, não esqueça.

— Mesmo que eu seja uma Prats cabeça-dura e obcecada.

— Acho que por isso mesmo.

— Então quero pedir mais uma coisinha.

— Estou começando a ficar preocupado.

— Quero que me prometa que, no próximo ano, quando eu voltar para cá, você e a mamãe virão me visitar, pelo menos por uma semana, só isso.

Silêncio do outro lado da linha.

Fechou os olhos e estremeceu. Estava esticando muito a corda. Um apartamento para ser livre, a compreensão do pai, e agora aquilo.

— Papai?

— Você é mais corajosa do que eu para essas coisas, Sílvia — reconheceu com honestidade. — Você sempre quis mudar o mundo, enquanto eu me sinto no outro lado, no grupo dos que perderam, dos que foram mudados pelo mundo.

— Nunca te pedi nada, papai. Gostaria que você procurasse entender...

— E se for tarde demais? — controlou-se.

— Não é, isso é que é maravilhoso! Nunca é tarde! Se você conhecesse a doutora Roca e o doutor Giner! São mais velhos do que você!

— Picasso disse: "Nunca é tarde para ter uma infância feliz."

— A pura verdade!

O suspiro do pai ressoou como uma brisa ao longe.

— A gente conversa em casa, está bem? — exclamou denunciando certo pesar.

— Vai pensar nisso?

— Vou, prometo.

— Sério?

— Desde quando você se foi, fiquei pensando em fazer essa viagem, meu bem. Foi por pouco. Várias vezes. Para ver você, e também para saber por que tudo isso era tão importante para você.

Foi pega de surpresa.

Ficou desarmada.

— Obrigada, papai.

Não queria chorar. Ficou firme. Em casa ia se derreter. Ou quem sabe, não. Nem havia motivo.

Lembrou-se de outra frase, mais uma.

"O paraíso é a capacidade que temos de fazer com que os sonhos se tornem realidade."

A vida era fantástica: era preciso passar por ela, sempre em frente.

Era preciso vivê-la.

Era o que estava fazendo.

Catarina Meloni nasceu em Pontal, São Paulo. É formada em Letras e doutora em Literatura Brasileira pela Universidade de São Paulo. Trabalhou como professora, principalmente no Ensino Médio. Atualmente é tradutora e escritora, tendo publicado o livro *1968 – o tempo das escolhas*. Pela Editora Biruta traduziu *Cordeluna*, obra ganhadora do Prêmio Edebé de Literatura Juvenil e *O segredo de Rigoberta*.

Madza Ednir é mestre em educação, pedagoga, editora, coordenadora de projetos internacionais, como o Projeto Currículo Global para a Sustentabilidade, e caçadora de dias felizes. Um dia visitará a Índia.

Jordi Sierra i Fabra nasceu em Barcelona, em 1947, mas prefere dizer que nasceu na Terra, em um mundo sem fronteiras nem bandeiras. Escritor desde os oito anos, tornou-se comentarista musical e dirigiu as principais revistas de *rock* dos anos setenta. Tem mais de trezentas obras publicadas e dezenas de prêmios literários. Com *Batendo à porta do céu* ganhou o Prêmio Edebé de Literatura Juvenil e foi selecionado para o catálogo White Ravens, além de ter sido finalista do Prêmio Hans Christian Andersen. Em 2012, recebeu o Prêmio Cervantes Chico, pelo conjunto de sua obra e o compromisso cultural das Fundações Jordi Sierra i Fabra na Espanha e Colômbia.

É o autor infantil e juvenil mais vendido e o mais lido nas escolas da Espanha e de grande parte da América Latina. Viajante impenitente, que vai de um lado ao outro do mundo para conhecer novas pessoas e culturas e coletar material para seus livros.

Criou a Fundação Jorge Sierra i Fabra, em Barcelona, e a Fundação Teller de Letras, em Medellín, na Colômbia, com o objetivo de promover a escrita desde a infância nos dois lados do Atlântico.

Mais informações estão no *site* do autor: www.sierraifabra.com

Corona, a Fundação A Caixa, com seus arquivos e publicações, Tomás Martí Hughet, por sua obra *La mirada etíope** (editora Flor del Viento, 2001), Victor Viñuales (autor de *Os quatorze mandamentos do bom voluntário*), Deepak Vohra (embaixador da Índia na Espanha), Helena Bravo Ruiz (que forneceu o termo Miss ONG, repetidamente citado nestas páginas), a Bob Dylan, por me emprestar o título e, claro, à Fundação Vicente Ferrer e ao RDT (Rural Development Trust) de Anantapur, no qual me inspirei para criar o âmbito em que se movimentam os personagens do romance. Para quem quiser saber mais ou colaborar na adoção de crianças ou outras atividades, o *e-mail* da Fundação Vicente Ferrer em Barcelona é bcncentral@fundacionvicenteferrer.org e em Anantapur é fvfisdn@sancharnet.in

Agradeço a todos que conheci nas viagens que fiz à Índia, quando visitei Bombaim, Aurangabad, Jodhpur, Udaipur, Jaipur, Ajmer, Agra, Varanasi (Benarés), Nova Delhi, Amritsar, Madrás, Bangalore, Mysore, Madurai, Mahabalipuram, Pondicherry, Chidambaram, Cochin, Trichy e tantos lugares cujo nome é difícil lembrar.

O esquema desta história, parte de um experimento literário que denominei Projeto RMK, foi escrito em San Pedro de Majagua, Isla Grande (Parque Nacional de los Corales del Rosario y San Bernardo), Islas de Rosario, perto de Cartagena de Índias, Colômbia; e o texto, em Vallirana, Barcelona, entre junho e julho de 2004.

---

* Em tradução livre: *Um olhar etíope.*

No dia 1º de julho de 2003, a voluntária espanhola de 22 anos, Ana Isabel Sanchez Torralba, natural de Ocana, Toledo, morreu crivada de balas dentro de um ônibus que seguia por uma rodovia a três quilômetros de Mongomo, na Guiné Equatorial. Seu destino final seria Aconibe, onde daria aulas de alfabetização para mulheres e meninas naquele verão. Outras duas pessoas ficaram feridas. A voluntária morta tinha chegado à Guiné no dia anterior, em sua primeira viagem de voluntariado com as Missionárias Escolápias. Conforme relatos, o motorista do ônibus atravessou uma barreira de controle do Exército atrás de um táxi, e, por isso, os militares o pararam e mandaram descer todos os passageiros. Pouco depois, o ônibus continuou seu caminho, mas um dos militares, enfurecido, foi atrás dele, de táxi, obrigou--o a parar e então atirou indiscriminadamente na parte traseira do veículo, onde estava Ana Isabel.

Este livro é fruto do impacto que me causou aquela notícia. Todos os anos, centenas de voluntários espanhóis trabalham de forma desinteressada e altruísta nos cinco continentes com um único desejo, ajudar quem precisa deles; um único sonho, tornar o mundo melhor; e uma única esperança, que as coisas mudem. Este livro é dedicado a todos eles.

Agradeço às pessoas e entidades que me ajudaram de forma direta ou indireta, sabendo ou não, na preparação desta história. Para começar, Silvia Noguer, em homenagem à qual a protagonista tem o mesmo nome; Carmen de la Iglesia Vicário, Antonio José Hernández

créditos e agradecimentos